왕의 눈물

왕의 눈물

1판 1쇄 인쇄_ 2014년 07월 30일
1판 1쇄 발행_ 2014년 08월 05일

지은이_ 박경남

펴낸이_ 김이식
펴낸곳_ 북향출판사
디자인_ 김왕기

출판등록번호_ 제2014-000009호
주소_ 경기도 고양시 덕양구 화신로 311(922-801)
전화_ 031-965-6822
팩스_ 031-965-6815

ISBN 979-11-952028-4-3   03810

왕의 눈물

박경남 역사 소설

오이디푸스들을 위한 부자유친

역사는 그 시대가 지났다고 해서 끝이 나는 것은 아니다. 그래서 지나온 역사는 끊임없이 이야기 되고, 때론 논란이 되기도 한다. 또한 보는 이의 관점에 따라 한 시대의 역사도 다르게 해석되고 평가된다. 우리 역사 중 그런 해석의 차이와 평가의 차이를 낳은 곳이 바로 구한말이 아닐까 싶다. 한 왕조의 마지막이기도 하지만, 일제강점기로 넘어가는 전환점이 되는 시기였기 때문이다.

과연 누구의 잘못으로 조선은 망하게 되었는가? 누가그 역사적 책임을 져야 하는가? 이는 그 시대를 담당했던이들에 대한 비판이기도 하지만 현재를 살아가는 우리 자신들도 자유로울 수 없는 문제다. 우리 또한 그 역사를 이어서 지금 시대의 역사를 장식하고 있으니 말이다.

이야기의 출발은 흥선대원군의 장례식에 고종이 참석하지 않았다는 사실에서 비롯되었다. 이는 부자지간인 흥선대원군과 고종의 불화를 의미하기도 한다. 그들은 정말 불화의 상태에서 끝을 맺었을까? 그들은 정말 조선에 대한 마음이 달랐던 것일까? 그들의 불화가 조선에는 어떤 영향을 미쳤을까? 이런 궁금증이 모여 또 다른 이야기가 되었다.

이 이야기는 역사적 사실에 집중하기보다 아버지와 아들, 즉 흥선대원군과 고종에 집중되었다. 부자지간의 갈등을 다루었다. 평범한 가정의 부자지간이라면 용서와 화해는 쉬웠을까? 물론 쉬웠을 수도 있고, 그렇지 않을 수도 있다. 그러나 왕과 왕의 아버지의 관계란 결코 평범치 않다. 어쩌면 뭇사람들과는 다른 사고방식의 소유자들인지도 모른다. 또한 단순히 두 사람만의 관계로 해결될 것이 아니고, 보다 큰 무게의 짐을 져야 한다. 바로 역사의 평가다. 둘은 그 짐을 지고 있는 상황에서 다른 방식의 화해를 시도했을 것이다. 흥선대원군과 고종의 관계를 단지 역사속의 부자관계로만 치부할 수는 없을 것 같

다. 오늘을 살아가는 우리의 모습 속에도 그들과 닮은 점
이 있으리라 본다.

　역사는 승자의 기록이라고 말한다. 승자에 의해 역사
가 왜곡되어질 수 있다는 의미가 포함되어 있다. 더욱이
외세의 침략에 의해 기록된 역사라면 왜곡의 수위는 다를
것이다. 고종은 말할 것도 없고, 흥선대원군 역시 일제의
시선으로 왜곡되어졌을 가능성이 높다. 그런 의미에서 두
인물에 대한 재조명이 필요하다는 지적도 있다. 그래서
흥선대원군과 고종의 관계를 조금은 다른 시선으로 바라
보았다.

　구한말은 공자의 시대에서 벗어나는 만큼 의도적으로
'한비자'의 사상을 인용했다. 또한 그 시대를 가장 잘 표
현한다고 보았기 때문이다. 한비자는 인간의 본성을 믿
을 수 없는 악한 것으로 보았기에 부모 자식뿐만 아니라
모든 인간관계는 자신의 이해관계를 매개로 형성된다고
했다. 권력과 천륜 사이에서 번민하는 부자지간, 오늘의
세태이기도 하다.

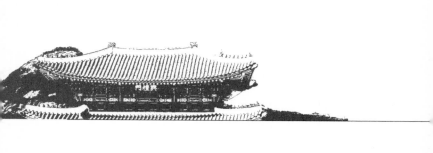

차례

한밤의 불청객

무술년. 신년을 맞이하는 기분이 여느 해와는 달랐다. 한 해 전만 해도 안개 속을 헤매듯 한 치 앞을 알 수 없는 불안한 형국이라, 눅눅한 기분으로 질척일 수밖에 없었다. 그런데 이번 신년은 멀리까지는 아니더라도 사오 리 정도는 시야가 선명해졌으니 그나마 다행이었다. 그렇다고 주변정세가 1년 전보다 나아진 것은 없다. 여전히 밤에 잠을 이루지 못한 것은 매한가지며 가비차(加比茶)의 농도만 더 진해졌을 뿐이다. 간간히 식어버린 가비차를 마실 때도 있었다. 다시 내오라고 할 수도 있었지만, 때론 차갑게 목 안을 타고 들어가는 쌉쌀함도 나쁘지 않았다. 가끔 너무 마신 탓에 속 쓰리는 걸 감수해야만 했다. 그래도 섶 위에서 잠을 잤던 부차나 쓸개의 쓴맛을 맛보던 구천보다 호사를 누리고 있다고 생각했다.

오백년 태사(太社)와 태직(太稷)을 생각하면 차라리 섶 위에 누워 쓸개즙을 맛보는 처지가 나을 지도 모르지. 20년이 흘러 원수를 갚은 월(越)의 구천처럼 된다면야 지금껏 맛본 치욕이 오히려 약이 아니겠는가.

재황은 가비차를 마시면서 와신상담(臥薪嘗膽)의 주인공들을 떠올렸다. 그들은 한 나라만 복수하면 된다지만 재황에게는 사방이 적이었다. 조선은 열강들에 의해 장기판의 졸(卒)과 같은 신세가 되었다. 앞 좌우 한 칸씩 움직이며 버텨왔다. 뒤로 갈 수도 없는 처지다. 써볼 만한 수가 많지 않으니 졸의 무서움을 보여줄 수밖에 없었다. 그래서 대한제국을 선포하고 황제로 올랐지만 여전히 힘을 가지기엔 역부족이다. 장기판에서 차(車) 떼고 포(包) 떼면 어찌 이길 수 있겠는가.

문득 아버지라면 어땠을지 생각해보았다. 아버지는 차나 포가 떼이는 일이 없었을 뿐만 아니라 포로 적의 포진을 교란시키고 차로 쭉쭉 밀고 나갔을 것이다. 그렇게 생각하니 통쾌한 마음까지 들어 두 주먹을 불끈 쥐었다. 그러나 이내 쥔 손을 힘없이 풀었다. 아버지는 어려운 상황에도 앞으로 밀고 나갔겠지만 당신 뒤에서 치고 오는 상(象)을 간과했기에 다시 장기판으로 돌아올 수 없게 되지 않았는가. 생각이 거기까지 미치자 왜 느닷없이 아버지를 떠올렸는지, 그런 자신에게 화가 났다.

"폐하, 헐버트 선생이 기다리고 있사옵니다."

"아, 그렇지! 선생이 방문하기로 했지. 어서 모시어라."

헐버트가 들어오는데, 뒤에 어떤 사내가 뒤따랐다. 같은 서양인이라면 모를까 그 사내는 조선인이었다. 재황이 조금 의아한 눈으로 쳐다보자 헐버트는 인사를 마치고 바로 설명에 들어갔다.

"폐하, 미리 말씀을 드리지 못하고 불청객을 들여 송구하옵니다. 궁에 들어올 때는 제 사환이라고 해서 왔사오니, 지키는 이들을 나무라지는 말아주십시오."

헐버트는 거기까지 말을 마치고 다시 한 번 깍듯이 인사를 하며 예를 갖추었다. 뒤에 있는 사내는 고개를 숙이고 있었다. 조선 사람이라면 당연히 황제 앞이니 고개를 들 수는 없었을 테지만 마치 아직까지는 자신을 감추기 위해 고개를 숙이고 있는 듯이 보였다.

"헐버트 선생님, 저 자는 누구입니까? 어떤 연유로 선생께서 위험을 무릅쓰고 짐 앞에 데리고 온 것입니까?"

재황은 헐버트가 굳이 한밤중에 알현하겠다고 한 이유가 뒤에 있는 사내 때문이란 걸 눈치 챘다.

"역시 폐하께서는 제 속을 다 꿰뚫어 보시는 군요. 이분은 저와는 개인적인 인연이 있는 분입니다. 그런데 알고 보니 저보다 폐하와 인연이 더 깊더군요. 그 깊은 인연에 저도 어쩔 수 없이 폐하를 알현하고 싶다는 이 분 청을 거절할 수가 없었습니다."

"짐과 인연이 깊다고요? 그런데 어찌하여 선생을 통해 짐을 보려고 했을까요?"

재황의 물음에 사내가 잠깐 움찔하는 것 같았다. 그래도 여전히 고개를 숙이고 있는 상태였다.

"제가 살던 나라에서는 이런 경우를 옛 친구와의 만남이라고 하지요. 물론 신분의 차이는 하늘과 땅 차이지만 말입니다."

"옛 친구라, 짐에게 과연 옛 친구가 있었던가?"

재황은 혼잣말을 하듯 중얼거리다가 문득 떠오르는 것이 있었다. 저 사내가 굳이 헐버트를 통한 것을 조금은 알 것 같았다.

"운현궁에서 왔느냐?"

재황은 헐버트 뒤에 있는 사내를 향해 물었다. 그러자 사내는 대답 대신 바닥에 엎드려 고개를 조아렸다. 마치 한 발짝도 물러나지 않겠다는 행동처럼 느껴졌다.

"폐하, 저는 잠시 나가서 커피라도 마시고 있겠습니다. 벌은 그 후에 달게 받겠습니다. 윤허하여 주십시오."

바닥에 있는 사내 때문에 화가 나기는 했지만 한편으로는 궁금해져 그렇게 하라고 손짓을 했다. 헐버트가 밖으로 나갔는데도 사내는 그 상태로 엎드리다시피 하고 있었다.

"일어나 고개를 들라."

재황의 말이 떨어지자 사내는 몸을 일으켜 무릎을 꿇고 앉았다. 자세히 들여다보니 까무잡잡한 얼굴빛에 단단한 근육이 힘깨나 쓰는 무사처럼 보였다. 기골은 장대했지만 이마의 주름이나 관자놀이로 비친 새치를 보면 얼핏 마흔을 넘어선 듯 보였는데, 단단한 근육 때문인지 서른 후반 정도로 보였다. 헐버트의 말이 있어서인지 낯익은 듯이 보였는데, 누군지 얼른 떠오르지 않았다. 옛 벗이라 해도 잠저를 떠나온 지 벌써 30년이 훌쩍 넘었는데 기억력이 남다른 그로서도 알아보기는 힘든 일이었다. 그래서 옛 벗은 그저 구실이 아닐까 생각했다. 아버지라면 그러고도 남을 거라 여겼다. 재황이 외국 선교사들에게는 우호적인 것을 알고 아버지가 그들에게 접촉을 시도한 것이 작년 일이었다.

"운현궁에서 보냈느냐?"

"아니옵니다."

처음으로 입을 연 사내의 목소리는 묵직했다. 그리고 귀에 들려오는 감이 생소하지만은 않았다.

"운현궁이 아니라면 어찌 짐과 인연이 있다는 거냐?"

"운현궁에서 온 것은 맞지만 운현궁에서 보내지는 않았습니다."

사내는 딱 부러지게 말했다. 마치 아버지가 보낸 것이 아니라는 걸 확실히 하고 싶은 어투였다. 사내의 말대로라면 스스로 결정해서 왔다는 것인데, 그 호기가 가상하게 느껴졌다.

"오호, 그래? 어쨌든 운현궁 사람은 맞는 거로군. 너는 대체 누구냐?"

"폐하, 소인은 수돌이옵니다."

"수돌이?"

재황의 물음에 수돌이라는 사내는 고개를 끄덕이며 답

했다. 낯익은 면이 있는 게 분명하지만 기억이 가물가물해서 얼른 떠오르지 않았다. 수돌이라면 아마도 잠저에 살았을 때 알았던 이가 분명하리라, 그렇다면 하인이었나? 재황이 그를 바라보며 기억을 더듬고 있을 때 그가 기억을 돕기라도 하듯 말을 꺼냈다.

"폐하께서 소인의 목숨을 살리셨습니다. 그리고 구름재 댁에서도 쫓겨나지 않게 해주셨습니다."

사내의 말에 35년 동안 봉인된 기억이 한순간에 풀어지는 것 같았다.

"짐이 네 목숨을 구했다고? 아, 네가 그 수돌이더란 말이냐? 그렇구나. 짐의 옛 친구가 맞구나!"

재황은 반가움 때문인지, 놀라움 때문인지 절로 탄성이 터져 나왔다.

"황공하옵니다. 옛 친구라는 말씀은 거둬주십시오."

이게 얼마만이냐, 네가 그 수돌이라고? 재황은 수돌을 확인한 순간 그가 자신을 찾은 이유를 묻는 것도 잊어버렸다. 그저 오랜만에 만난 그와의 만남이 반갑기 그지없었다. 재황은 수돌을 통해 어린 시절로 돌아가고 있었다.

"도련님, 또 여기 와 계시면 나리마님께 혼나십니다요."

수돌이 아침 일찍 제 아버지를 따라 나무를 구하러 간 사이에 명복(어린 재황)은 마포나루까지 한달음에 달려 왔다. 1년 전부터 무슨 일인지 아버지는 두 살이 많은 수 돌을 명복 옆에 붙어두며 바깥출입을 하지 못하게 했다. 더 어릴 때도 수돌을 알고 있었지만 같이 놀 처지는 아니 었다. 아버지의 말로는 학문을 익혀야 하므로 바깥출입 을 금한다고 했지만, 더 깊은 뜻이 있다는 것을 열 살 먹 은 명복도 눈치챌 수 있었다.

"걱정 마. 오늘 아버지께서는 늦게 오실 거야. 형님한테 들었는걸!"

어릴 때부터 유독 호기심이 많았던 명복은 그즈음에는 배가 드나드는 마포나루에서 구경하는 걸 좋아했다. 한 번 관심을 가지면 다른 새로운 관심거리가 나타날 때까 지 파고드는 성미라 수돌도 명복이 집에 없다는 걸 알고 곧장 마포나루로 달려왔다.

"저 배는 제물포에서 온 걸까?"

"당연히 제물포를 거쳐서 오는 게 아닐까요?"

"제물포는 멀어?"

"개성보다는 가깝지만 배가 오가는 걸 보면 멀지 않을 까요?"

"나는 언제 배를 타고 제물포든 청나라든 가볼 수 있을까?"

"청에 가고 싶은가요?"

"응, 새로운 게 많다고 하니까."

수돌은 어린 도련님이 마포나루에 나오는 게 청에 가고 싶어서 라는 걸 이해하는 것 같았다. 명복의 눈에는 아버지에게 혼날지도 모르는 불안보다는 마치 배 안으로 달려갈 듯한 호기심으로 가득해 있었다.

"이제 그만 돌아가셔야죠. 늦으면 마님도 걱정하십니다. 혹시 나리마님께서 일찍 돌아오시면 어떡해요?"

"흥, 너 야단 맞을까봐 그러는 게지? 좋아. 오늘은 이만 돌아가자."

명복은 아쉬운 듯이 마포나루를 훑어보며 말했다.

"도련님, 근데 오늘까지 읽으라는 책은 다 보셨습니까?"

구름재를 사오 리 앞에 두고 수돌이 물었다.

"어제 밤에 미리 다 읽었지. 내가 아무럼 아무런 대비도 하지 않고 나왔을까봐? 걱정 마, 너 야단맞게 하지는 않을 테니."

수돌은 자신에게 이유를 대는 것이 못마땅한 듯 투덜거

리며 말했다.

"소인이 야단맞는 게 두려워서가 아니라 도련님이 야단맞을까 그런 겁니다."

"내가 버릇을 잘못 들였어. 한 마디도 지지 않아."

"도련님이 그런 걸 자업자득이라고 하지 않았습니까?"

"어휴, 내가 너한테 글을 가르친 게 잘못이지."

"나리마님께 혼나니까 안 배운다고 했는데도 도련님 급할 때 써먹어야 한다고 가르치셨잖습니까?"

"그도 그렇지만, 너 만한 친구가 없잖아. 서당을 다니는 것도 아니고, 동네 친구들을 사귀게 하는 것도 아니니……. 그래도 네가 그렇게 일신우일신할 줄 몰랐어."

명복은 가끔씩 수돌이를 위해 굳이 한자음을 써가며 말했다.

"스승이 뛰어나니까 그렇죠. 그래도 외우는 건 스승만 못하잖아요."

수돌은 집이 가까워지니 긴장이 좀 풀렸는지 웃는 얼굴로 명복을 치켜세워주었다.

"도련님, 소인이 먼저 가서 살펴보고 올 테니 천천히 오십시오."

"아직 해도 멀쩡히 떠 있잖아. 아버지는 늦으신대도 그러네."

수돌은 명복의 말이 채 끝나기도 전에 쌩하니 달려갔다. 하여간 날쌔다니까. 몸도 날쌔고 머리도 영민한 수돌이가 천출이 아니었다면 무척 샘이 났을 거라고 명복은 생각했다. '저 놈 조상 중에 역적으로 몰린 사대부가 있었을 지도 몰라. 천출만 아니었어도 한 인물 했을 거야. 그나마 우직한 데가 있어서 다행이지.'라고 했던 아버지의 말을 떠올리지 않더라도 명복은 수돌에게 자주 놀라곤 했다.

말이 스승이지, 그저 재미로 수돌에게 글을 가르쳤다. 명복도 아직 어린 나이고 학문도 깊은 상태가 아니라서 누굴 가르치고 말고 할 형편이 아니었다. 그저 아버지에게 배운 글이나 간혹 아버지가 모시고 온 스승에게 배운 것을 외는 식으로 해서 따라하라고 했는데, 어느새 글을 깨우쳤다. 그런 수돌이 신기해서 명복은 스승을 자처하며 자기가 배운 것을 나눠주는 식이었다. 그런데도 수돌은 한 번도 명복을 넘어서려 하지 않았고, 자기가 글을 안다는 사실을 아무에게도 말하지 않았다.

'어라. 날쌘 수돌이는 왜 나오지 않는 거지?'

집 근처까지 갔는데도 수돌의 모습은 보이지 않았다. 슬슬 불안해지기 시작했다. 아니나 다를까 집으로 들어가니 수돌이는 오늘 늦을 거라던 아버지에게 붙잡혀 있었다.

"도련님이 방에 계시는 게 답답하신 것 같아서 쇤네가 바람이라도 쐬자고 한 겁니다."

수돌은 명복이 들어온 것을 아는지 모르는지 바닥에 무릎을 꿇고 빌고 있었다. 언제부터 있었는지 수돌 아범까지 수돌 옆에 엎드려 빌고 있었다.

"네 녀석은 따로 부를 테니 가 있거라. 명복이 네 이놈! 사랑으로 들어오너라."

명복을 발견한 아버지는 눈에 힘을 가뜩 주고 호령하듯 말했다. 명복은 수돌이가 더 혼나지 않아서 다행이라고 생각하며 수돌을 힐끔 쳐다보고는 사랑방으로 들어갔다. 수돌의 잘못이 아니라고 말할 작정이었다.

"네가 요즘 바깥출입이 잦다고 해서 내 오늘 일부러 늦는다고 했다. 수돌이 녀석 말처럼 그저 바람을 쐬러 간 것이냐?"

회초리라도 들고 있을 줄 알았던 아버지가 차를 준비해놓고 기다렸다는 듯이 앉아서 화를 거둔 목소리로 말해서 명복은 놀랐다.

"아버지. 소자, 그저 놀기 위해서 밖에 나간 것은 아닙니다. 아버지께서 읽으라했던 책도 다 보았습니다. 저만

한 아이들은 밖에 나가서 뛰어놀기도 하고, 동무도 사귀고, 세상 구경도 하는데, 왜 소자만 안 되는 것이옵니까?"

명복은 말이 나온 김에 다 하자싶어서 그동안 참았던 말을 쏟아냈다. 아버지는 잠시 아무 말없이 차를 마셨다. 그 잠깐의 침묵이 왠지 명복을 불안하게 만들었다.

"그랬단 말이지. 그렇다면 왜 네가 함부로 밖에 나다니면 아니 되는지를 말해주마. 지금부터 하는 말은 어느 누구에게 해서는 안 된다. 알겠느냐?"

"가족에게도 말입니까?"

"그렇다. 너와 나만 알고 있는 비밀이다. 만일 네가 함부로 행동하거나 말한다면 너는 물론이고 우리 가족 또한 멸문지화를 면치 못할 것이니라."

아버지가 준엄하게 꾸짖듯이 말했는데, 그 기운에 명복은 몸이 가볍게 떨리기까지 했다. 멸문지화까지 내세우니 그 심각한 정도를 알 수 있었다.

"명심하겠습니다."

"지금부터 아비가 하는 말에 토를 달지 말고, 질문도 하지 말고 듣거라. 너는 말이다, 머지않아 이 나라의 큰 사람이 될 것이다. 그래서 아비가 1년 전부터 너만 따로 글공부를 시켰던 것이고, 앞으로도 그럴 것이다. 네가 사사로이 밖으로 나다니다가 세도가의 사람들에게 눈에 띄어 입에 오르내리면 좋을 게 없느니라. 또한 너한테는 시간이 많지 않다. 지금 하던 공부보다 더 많은 양의 공부를 하게 될 것이다. 책을 무조건 잘 왼다고 해서 공부가 마쳐지는 것은 아니다. 그 책에서 말하고자 하는 깨우침을 얻어야 한다. 다시 말하지만 너한테 우리 집안의 명운이 달렸다는 것을 잊지 말거라."

꽤 커다란 비밀인지 알았는데, 그렇게 특별하게 느껴지지 않았다. 도대체 이 나라의 큰 사람이라면 뭐란 말인가? 일찍부터 과거공부라도 시키겠다는 것인가? 그런데 하필 왜 나란 말인가? 명복은 의문이 꼬리에 꼬리를 물면서 고개가 절로 갸우뚱거려졌다.

"무슨 할 말이라도 있는 거냐?"

"우리 집안의 명운이 걸린 문제라면 재면이 형님도 있는데, 왜 하필 소자이옵니까? 학문이라면 형님이 소자보다 월등한데 말입니다."

"네 형은 나이가 많아서 자격이 되지 않아."

"형님 나이여도 과거는 볼 수 있잖습니까?"

아버지의 표정이 웃는지 화를 내는지 모를 정도로 복잡해졌다. 그리고 헛기침을 한 번 하더니 말을 이어갔다.

"너는 과거를 보려는 것이 아니다."

"과거도 아니면 무엇이옵니까?"

"용(龍)이다. 이 말을 꺼내는 자체가 불충(不忠)이며 역(逆)이 되지만, 넌 용이 될 것이다."

"네?"

명복은 어찌하여 자신에게 존재하지도 않은 용이 되라는지 놀라 크게 소리 지르며 입을 벌리고 있었다. 하지만 생각해보니 그 용이 말하는 의미가 무엇인지 알 것 같았는데, 그 또한 받아들이기 힘들기는 실존하지 않는 용이 되라는 것과 마찬가지였다.

"입을 다물어라. 이제 더 이상 묻지 말 것이며 그 말에 대해 꺼내지도 말 것이다. 때가 될 때까지 혼자 새기어라. 그것이 너의 운명이란 걸 잊지 말거라. 아비 역시 그것을 위해 산다."

"그럼, 소자는 영영 집 밖을 나가지 못하옵니까?"

아버지가 명심하라는 일보다 바깥출입을 하지 못하게 되는 게 발등의 불이었다. 한 번도 상상해보지 못한 중한 일에 대해선 실감할 수 없었던 명복이었다. 아버지는 그런 아들이 어이가 없는지 웃지 않을 수 없었다.

"아비가 정해준 책이 끝날 때마다 한 번씩 허락해 주겠다."

"아버지, 수돌이를 혼내실 겁니까? 수돌이는 잘못이 없습니다."

"나도 안다. 그래도 혼나는 것이 그 애의 운명이다. 다만 수돌이를 혼나지 않게 하려거든 앞으로는 수돌이에게 네 글을 가르치지 마라. 네 손으로 이무기를 키우게 할 수는 없지 않겠느냐?"

명복은 아버지들은 다 저렇게 자식의 비밀까지 아는 것인가 생각했다.

"아시고 계셨습니까?"

"아비가 너에 대해 모르는 게 있는 줄 아느냐? 어느 날부턴가 수돌이의 말품이 달라져서 그런 줄 알고 있었느니라."

명복은 아무리 자신과 수돌이 조심한다고 해도 결국 아버지의 손바닥 안이라는 걸 느꼈다. 그나저나 수돌이와 공부하지 않는다면 조금 무료해지기는 하겠지만, 바깥 구경이라도 할라치면 무조건 열심히 하는 수밖에 없었다.

"그래, 그동안 어떻게 지냈더냐? 쭉 운현궁에 있었던 거냐?"

어린 시절 유일하게 말벗이 되어주었던 수돌을 만나게 되자 재황은 만면에 웃음을 띠며 좋아했다. 자신이 황제라는 사실조차 잊은 듯했다.

"폐하께서 용상에 오르신 후로 10년간은 밖에서 살았사옵니다. 그 후로 구름재 댁으로 돌아와 대감마님을 모시게 되었사옵니다."

아버지가 섭정을 마치고 돌아간 이후로 수돌이 아버지를 보필했던 모양이었다. 찬찬히 수돌을 살펴보니 골격이 떡 벌어지고 단단한 것이 예사롭게 보이지 않았다.

"무술을 익혔더냐?"

"네. 폐하. 그것이 소인의 길이라고 했습니다."

"아버지께서는 네가 글을 익히는 걸 좋아하지 않으셨지! 그랬어. 짐은 네가 학문을 익히는 편이 나았다고 생각했는데 말이야."

"폐하, 황공하옵지만 소인은 천출이옵니다. 소인에게 학문은 가당치 않사옵니다."

"지금은 그렇지 않지 않느냐? 짐이 지금이라도 네게 맞는 직책을 줄 수 있다."

반가움에 수돌을 위해서라면 뭐든 해주고 싶은 재황이었다.

"폐하, 성은이 망극하옵니다. 황공하오나 소인의 능력은 보잘 것이 없어 폐하께 누가 될 뿐입니다. 또한 지금은 대감마님을 보필하는 임무를 맡고 있습니다."

한껏 들떠있던 재황은 '대감마님'이라는 말에 정신을 차렸다.

"아, 참! 네가 이 시각에 여기에 온 이유는 무엇이냐? 짐이야 널 만나 반갑기는 하다만, 네게 연유가 있을 것이 아니냐? 운현궁에서 보낸 것도 아니라면서?"

수돌은 처음 왔을 때처럼 고개를 바닥에 붙이며 말했다.

"폐하, 소인, 폐하께 불충하는 줄 알면서도 간절히 바라옵는 게 있사옵니다. 소인을 벌하셔도 좋고, 죽이셔도 좋습니다. 하지만 소인의 바람을 들어주시옵소서."

"그래, 무엇이더냐?"

"폐하, 아뢰옵기 황공하오나 대감마님을 찾아주시옵소서."

"너 지금 뭐라 했느냐? 네가 지금 가장 나쁜 패를 던진 줄 알고 있느냐?"

"폐하 덕분에 구제한 목숨이니 폐하께 다시 목숨을 맡기겠사옵니다. 그러니 대감마님을 만나주시옵소서."

재황은 수돌이 저토록 고집스러운 면이 있었는지 기억

을 떠올려보았다. 자기가 하고 싶은 말은 꼭 했다. 재황 앞에서만큼은 그랬다. 그리고 이제는 자신을 위해서가 아니라 아버지를 위해 간청하는 수돌에게 샘이 났다.

"정말 아버지께서 시킨 게 아니란 말이냐?"

"폐하, 대감마님은 위독하십니다."

"뭐라고? 형님은 그런 말을 한 적이 없다. 혹시 아버지가 짐을 만나기 위해 너와 일부러 꾸민 것이 아니냐? 바른대로 고하여라."

1년 전 아버지가 자신을 만나기 위해 여기저기 부탁을 하고 다녔다는 말을 들은 터라 의심이 가지 않을 수 없었다.

"폐하, 소인 하늘에 맹세코 거짓을 고하지 않습니다. 작은 대감마님은 폐하의 옥체가 상하실까봐 일부러 말씀드리지 않는 것으로 사려 되옵니다. 그리고 대감마님도 소인이 궁에 들어온 걸 모르십니다. 환후 중에 신음을 하시면서도, 꿈결에서도 폐하만 찾으십니다. 몇 해 전이나 지난해처럼 폐하를 알현하려는 직접적인 표현과는 다르옵니다. 의식이 없는 상태에서도 폐하만 찾으십니다. 마님께서 지난달에 운명하신 이후로는 더 심해지셨습니다. 너무나 사무치게 그리워하시는 것 같아 소인 차마 볼 수 없어 불충을 무릅쓰게 되었사옵니다."

수돌은 구구절절이 마음을 담아 아뢰었다. 수돌이 그럴수록 반가움이 점점 퇴색되어가는 것 같았다.

"그만 해라!"

"폐하!"

"그만 하라니까! 오늘은 그만 물러가거라. 널 보고 싶으면 헐버트 선생에게 기별하마."

수돌은 그것이 재황의 답이란 걸 알고 있으리라. 수돌이 예의를 갖추고 자리에서 물러나려고 할 때였다. 문득 수돌에게 하고 싶은 말이 떠올랐다.

"수돌아, 짐이 널 잊긴 했지만, 그날 일은 지금껏 잊지 않고 있다. 그 일은 내내 짐의 가슴을 누른다. 그것은 또한 아버지에 대한 마음이기도 하다. 좋아할 수도 미워할 수도 없는……."

말을 마친 재황은 몸을 돌렸다. 수돌 역시 재황을 넋을 잃은 듯 바라보다가 고개를 숙이고 나갔다. 수돌이 나가자 재황은 상선을 불러 아무도 들이지 않게 했다. 가비차만 한 잔 더 가져오라고 분부했을 뿐이었다.

아버지, 당신도 이제 힘이 빠지셨나 봅니다. 작년까지만 해도 운현궁을 나오려고 하시더니 이제는 그것도 힘에 부치실 정도가 되었군요. 그래도 소자는 힘이 있는 아버지가 더 그립습니다.

재황은 눈빛 형형하던 아버지를 떠올렸다. 아버지의 시대가 벌써 가버린 지 오래지만 자신에게는 그대로 남아 있었다는 것을, 수돌을 통해 깨닫게 되었다. 환후 중인 아버지를 생각하면 마음이 무거울 것 같았는데, 웬일인지 가슴에 맺힌 곳이 뚫리는 기분이었다.

'나는 천하의 불효자란 말인가? 아무리 원망의 마음이 깊었더라도 아버지가 사경을 헤맨다는데, 마치 갇혀있던 곳에서 해방이 된 이 기분은 뭐란 말인가?'

재황은 스스로를 책망하듯 주먹을 쥐고 가볍게 머리를 쳤다. 그리고 그 해방된 기분의 이유를 찾을 수 있었다. 지금껏 아무에게도 말하지 못했던 가슴의 응어리를 수돌에게 털어놓았기 때문이었다. 그것은 재황과 수돌, 아버지만 아는 일이라 아무에게도 말할 수 없었다.

"도련님, 무슨 일이 있었나요?"

명복의 얼굴이 발개진 채 씩씩거리고 있자 수돌이 물었다. 수돌이 잠시 집안일을 돌보는 사이 예전처럼 또 혼자 몰래 집 밖을 빠져나갔다. 수돌이 명복을 찾으러 나설 때는 벌써 집으로 돌아와 막 대문 앞에 섰을 때였다. 수돌은 또 혼자 나갔다고 구시렁대려다가 명복의 화난 얼굴을 보고는 그렇게 물었던 것이다.

몇 달 전부터 명복은 관심을 갖는 대상이 달라졌다. 마포나루에 갔던 일을 아버지에게 들킨 이후부터였다. 책을 마친 후 아버지의 허락을 받아 밖에 나가게 되었는데, 명복은 구름재에서 멀지 않는 곳으로 방향을 잡았다.

바로 궁이었다. 궁에 대한 호기심이 생기는 것은 어쩔 수 없었다. 궁궐이 있는 담벽을 왔다 갔다 했다. 궐구경이라도 하려는 듯이 궐문 근처에 가보기도 하는 등 궐 주변을 맴돌았다. 그래도 궐에 관한 말은 일절 하지 않았다. 아는지 모르는지 수돌도 굳이 묻지 않았고, 다른 화제로 이야기를 나누는 것이 전부였다.

"도련님! 무슨 일이냐고요? 왜 화가 나셨어요?"

명복은 수돌이 아무리 물어도 대답은 하지 않은 채 여전히 화가 난 표정으로 제 방 쪽으로 갔다. 수돌이 따라오자 마루에 앉았다. 화가 어느 정도 눌러졌는지 방으로 들어갔다. 따로 들어오지 말란 말이 없어서 수돌은 화풀이 대상이라도 되어주려는 마음인지 명복의 뒤를 따랐다.

"도련님, 밖에서 언짢은 일이라도 있었나요? 소인을 부르지 그러셨어요."

"네가 따라왔다고 해서 달라질 것은 없었어."

"일이 있긴 있었군요. 도대체 누가 우리 도련님을 이리도 화나게 했답니까? 소인이 당장 가서 혼내주고 오겠습니다."

"네가 간다고 달라질 것은 없다니까! 뭐, 이런 인심이 다 있냔 말이야?"

명복의 입에서 인심이란 말이 튀어나오자 수돌은 명복에게 무슨 일이 있었는지 알 것 같다는 표정을 지었다. 명복은 다 품어줄 것 같은 수돌의 그런 표정이 좋았다. 올봄이 시작되기 전부터 나라 인심이 흉흉해졌다. 인심이야 그 전에도 흉흉했지만, 곪았던 것이 터져 더 사나워졌다. 진주부터 시작된 민란이 온 나라로 퍼져 70여 차례나 일어났다는 것을 간간히 자신의 집을 찾아온 이들의 입을 통해 들을 수 있었다. 아버지는 겨울 들어 부쩍 바빠져 출타가 잦았다. 그래서 명복은 근처 정도는 허락을 받지 않고 외출할 수 있었다.

그렇게 바람을 쐴 수 있는 것은 좋았지만, 집안 살림이 팍팍해졌다. 아버지는 밖에서는 파락호의 모습으로 알려져 있었지만, 집 안에서는 달랐다. 식구는 제법 되었지만 집에 부리는 노비는 많지 않아도 목구멍에 풀칠을 못할 정도는 아니었다. 난 치는 실력이 뛰어난 아버지가 난을 많이 쳐서 살림에 보탰기 때문이다. 그런데 민란 때문에 인심이 사나워져서인지, 난 그림이 팔리지 않아서인지 모르지만 아버지는 하루하루 먹는 양을 줄이라고 했다. 그렇다고 배를 곯는 정도는 아니었다. 하지만 한참 크는 시기인 명복에게는 달랐다. 배가 쉬이 꺼지는지 주전부리를 찾았지만, 살림을 줄인 마당에 주전부리가 넘쳐날 수가 없었다.

한번은 수돌과 함께 궁벽 옆을 걸어오다가 계동 장터 입구에서 군밤을 파는 곳을 지나게 되었다. 명복은 그대로 서서 한참을 망설이다가 군밤장수에게 다가갔다.

"내 배가 고파서 그러는데, 군밤 하나만 주면 안 되겠는가?"

양반가 도련님의 체면을 구기면서까지 부탁을 했는데, 군밤장수는 한참 멀뚱히 쳐다보다가 고개를 돌려 버렸다.

"도련님, 댁에 가서 너비아니를 드셔야지, 군밤이 웬 말입니까?"

수돌은 명복의 체면을 살려주기 위해 그렇게 말한 것이다. 그리고 명복의 몸을 밀어 그 자리를 피하게 했다. 명복은 군밤장수로부터 무시를 당했다는 생각을 지울 수가 없었다. 양반체면 다 구기고 부탁했는데, 파는 거라 줄 수 없다는 것도 아니고 동네 철없는 어린아이 취급을 하는 것으로 보여 더 기분이 상했다. 어지간해서 화를 잘 내지 않고, 꼼꼼하고 차분한 성격인 명복이지만, 한번 뇌리에 박힌 일에 대해서 집요하게 파고들었다. 명복은 그곳을 지날 때마다 군밤을 달라고 했다. 그때마다 수돌의 임기응변으로 그 자리를 모면했다. 그런데 오늘은 아예 혼자 부딪쳐볼 생각으로 수돌 없이 갔던 것이다.

"세상인심이 다 그런 거야? 군밤 하나 주면 당장 굶어 죽기라도 하는가? 아니면 내가 누군지 알고 무시하는 거야? 내가 우리 아버지 아들이라고? 내 그 놈을 꼭 죽이고 말 거야."

명복의 표정으로 보아 그저 지나가는 소리로 하는 말이 아니라는 걸 느낀 수돌은 깜짝 놀라 말했다.

"도련님, 무슨 그런 험한 말씀을 하십니까?"

"아니야. 두고 봐. 내가 이 나라 임금이 되면 그 군밤장수 목을 제일 먼저 칠거야!"

명복은 당장이라도 군밤장수 목을 칠 듯 의기양양하게 말했다. 너무 화가 나서 자기도 모르게 나간 말이었는데,

주워 담기는 이미 늦어버렸다. 명복은 스스로도 흠칫 놀랐지만, 수돌의 얼굴은 더 파랗게 질려 있었다. 하지만 수돌이 자신을 말을 믿지 않는 것 같아 하지 말아야 할 한마디를 더하고 말았다.

"아버지가 그랬어. 내가 용이 될 거라고!"

"도, 도련님! 그, 그런 말씀을 하시면 큰일 납니다."

그리고는 명복의 입을 막으려는 듯 가까이 다가섰다. 수돌이 아무리 천출이라도 사대부가의 그 나이라면 떼었을 학문을 이미 넘어섰기에 금기하는 말이 무엇인지는 알았다. 혹여 명복이 화를 입을까 봐 두려워 입을 막으려는 것이었다.

그런데 그때 겨울 찬바람이 피부로 쏴하게 부딪치는 것을 느꼈다. 처음에는 수돌이 자신을 때리기라도 하는지 알았다.

"도, 도련님!"

이번에도 수돌은 놀랐는지 말을 더듬었다. 수돌이 놀란 이유가 무엇인지 아는 데는 긴 시간이 필요치 않았다.

"아, 아버지!"

이번에는 명복도 말을 더듬었다. 언제 들어왔는지 아버지는 험악한 얼굴을 한 채 명복을 바라보고 있었다.

"수돌아, 너는 지금 당장 사랑에 가서 회초리와 내 검을 가지고 오너라. 아무도 모르게 가져와야 한다. 어서!"

아버지의 분부가 떨어지기가 무섭게 수돌은 몸을 움직였다. 아버지는 차갑게 명복을 내려다보았다. 그 기운이 얼마나 강하던지 명복은 그 자리에서 오들오들 떨었다. 그렇지 않아도 잽싼 수돌은 전광석화처럼 움직였는지 그 새 회초리와 검을 들고 왔다.

"보는 사람 있었느냐?"

"아무도 없었습니다."

"그래? 수돌이 네 놈은 저쪽 구석으로 물러나 인기척이 들리는지 지키고 있거라. 밖으로 나가라는 말이 아니다."

"네, 나리마님."

아버지는 사시나무 떨듯 바르르 떨고 있는 명복을 향해 낮고 무거운 목소리로 말했다.

"네가 무슨 짓을 했는지 알렸다."

"네. 잘못했사옵니다."

"이렇듯 가벼운 네게 이 나라를 어찌 맡길 수 있으랴."

"죽여주시옵소서."

뭐라 따로 변명할 여지도 없었다. 그 나이의 아이에게서 나올 수 있는 말은 아니었지만 사내라면 그 정도는 각

오해야 한다고 생각했다.

"아니다. 넌 어차피 운명이다. 운명을 바꿀 수는 없다. 여기서 죽을 사람은 저 놈이다. 듣지 말아야 할 말을 들었으니 죽여야겠다."

아버지는 칼을 뽑아 한쪽 구석에서 바깥에 귀를 기울이고 있는 수돌의 목에 겨누었다. 오로지 바깥에만 신경을 쓰고 있던 수돌은 제 목에 칼날이 느껴지자 흠칫 놀랐다. 하지만 그 짧은 시간에도 판단되는 것이 있었는지 아무 소리도 내지 않고 눈을 감았다.

"아버지, 아니 되옵니다. 왜 죄 없는 수돌이를 죽이려 하십니까? 차라리 저를 벌하십시오."

명복은 눈물을 흘리며 아버지에게 매달리며 사정을 했다.

"이 놈을 살리고 싶냐?"

"네."

"그렇다면 저 회초리로 아비 종아리를 쳐라. 내가 감당도 못할 네게, 해서는 안 될 소리를 했으니 제일 큰 잘못은 아비에게 있다. 그러니 아비를 벌 하거라."

처음엔 회초리의 용도가 자신에게 쓰일 줄 알았는데, 아버지라니 황당하기 그지없었다.

"어찌 자식 된 도리로 그럴 수 있단 말입니까?"

"그러면 이 놈을 죽이자는 말이냐?"

명복이 머뭇거릴 때 수돌이 눈을 뜨고 그 상황을 보고는 두 손을 빈 채 엎드려 말했다.

"나리 마님, 쇤네가 뭐라고 도련님께 불효를 저지르게 하시옵니까? 차라리 저를 죽여주십시오."

"네 놈은 결정할 권한이 없다는 걸 모르느냐? 결정은 오로지 명복이 네가 해야 한다. 지금 당장 회초리를 들어 아비가 널 때릴 때처럼 30대를 치지 않는다면 이 놈의 목은 날아가게 될 것이다. 어찌 하겠느냐?"

아버지는 다시 칼끝의 방향을 수돌에게 향하게 했다. 그 순간 명복은 수돌을 죽게 할 수 없다는 생각뿐이었다. 그리고 자신도 모르게 회초리를 들고 아버지의 종아리를 치기 시작했다. 수돌은 차마 보지 못하고 입을 막고 울고 있었다.

'수돌이를 살려야 한다. 수돌이를 살려야 해.'

명복은 자신이 무슨 짓을 하고 있는지 잊었다. 오로지 수돌을 살려야 한다는 마음뿐이었다. 종아리를 30대를 쳤는지, 그 이상을 쳤는지 모른다. 아마도 세게 내리친 것 같다. 자기 정신으로 하는 행동이 아니었다. 수돌이가 말리는 소리도 들리는 것 같았다. 아버지의 목소리를 듣고 회초리를 떨어뜨렸다. 아버지가 뭐라고 했는데, 머릿속에 새겨진 듯 하다가 정신을 잃었다.

　그때 아버지는 내게 뭐라고 말씀을 하셨던가?

　종종 그때의 일이 떠올려질 때가 있었다. 그 말을 기억을 해내려고 했지만, 백지 상태가 되었다. 그렇다고 용상에 오른 후에 아버지에게 물을 수도 없었다. 그 일에 대해서 다시 입에 올리는 것은 자신이나 아버지나 껄끄러울 거라 생각하니 그런 눈치조차도 보이지 않았다.

　그날 이후로 명복은 사흘을 앓아누웠다. 아버지는 식구들에게 고뿔에 걸린 거라고 말했다. 그런 아버지도 며칠을 다리를 절며 다녔다는 것을 형님에게 들었다. 형님은 아버지가 길에서 미끄러져서 다친 거라고 말했다. 집안 식구들이 그 일을 모르는 것이 다행이라고 생각했다. 그래서 함부로 그 일에 대해 수돌에게조차 꺼내지 못했다. 수돌도 그날 일은 묻어두었는지 아무 일이 없었다는 듯이 예전처럼 행동했다. 아마 아버지에게 단단히 다짐을 받은 모양이라고 생각했다.

　그런데 수돌과의 만남으로 그때의 기억이 봉인에서 풀

려난 것처럼 생생하게 다가왔다. 그리고 내내 풀리지 않았던 아버지의 그 마지막 말이 귀에 들려왔다.

"이제 수돌은 네 첫 백성이니라. 지금처럼 하면 된다. 수돌을 생각하는 마음이 백성을 향한 마음이어야 한다."

기다림의 괘, 수천수(水天需)

마음아, 너는 어이 매양 젊었느냐
내 늙을 적이면 넌들 아니 늙을쏘냐.
아마도 널 좇다가 남 웃길까 하노라

　화담 선생의 '탄로가(歎老歌)'를 읊고 나니 절로 눈물이
흘렀다. 늘 마음이 문제였다. 마음이 너무 젊어 늙은 육
체를 힘들게 해서 병이 난 것이라 여기니 가슴 속 구멍이
더 크게 느껴졌다. 죽음이 머지않았다는 것을 온 몸의 촉
이 전해주고 있었다. 정신이 혼미해지다가 또렷해지기를
반복하고 있다. 그래서 정신이 너무 말짱할 때는 지나온

일들을 복기하는 것도 나쁘지는 않았다. 불쑥불쑥 난을 치고 싶어 붓을 들어보기도 했지만, 손의 떨림이 심해 이내 그만 두었다.

"아버지, 지금껏 치신 난이 그리도 많은데, 아직 더 치실 난이 있는 것이옵니까? 이제는 편히 쉬십시오."

편히 쉬시라는 그 말이 왠지 이제 그만 세상을 떠나라는 말처럼 들려왔다. 예전 같았으면 호통을 치고도 남았겠지만, 이제는 난도 치지 못하듯이 그럴 힘조차 없었다. 자리에 눕고부터는 재면이 자신을 홀대하고 있다는 마음까지 들었다. 죽을 날이 머지않았으니 그동안 쌓였던 서운함을 풀려고 하는 것만 같았다. 왜 같은 자식인데, 더군다나 장자인데 용상에 오르게 하지 못했는지, 어린 동생을 주군으로 받들게 했다는 서운함을 내내 가지고 있었다는 걸 하응이라고 모르지 않았다. 그래서 제 자식이자 집안의 장손인 준용이를 용으로 만들기 위해 음으로 양으로 자신을 부추긴 것도 넘어가 주었다.

"주상에게는 이 아비의 상태를 전하였느냐?"

재면이 그럴 리 없다는 것을 알면서도 물었다.

"폐하는 아버지의 소식을 알고 싶어 하지 않사옵니다. 공연히 역정만 내실 것 같아 아뢰지 않았습니다. 아버지께 자식 노릇은 소자가 다 하겠사오니 이제 그만 폐하는 잊으십시오. 환후만 더 깊어지십니다."

장례는 자기가 치러줄 것이니 분란을 일으키지 말고 남은 시간 조용히 살라는 말처럼 들리는 것은 아직도 옹졸함이 남아 있는 거라고 애써 마음에게 둘러댔다.

"일 보거라."

계속 재면의 얼굴과 마주하고 있으면 언제 성정이 폭발할지 몰라 자리에 눕는 시늉을 했다. 쓸데없이 화를 내다 세상을 뜨고 싶지 않았다. 아직 해결하지 못한 일이 있다. 어떻게 풀어야 할지 모르겠지만 기다리고 있었다.

기다린다. 재황아.

기다려라. 재황아.

해거름에 조성하가 구름재를 다녀갔다. 궁을 다녀온 그는 주상의 몸 상태가 최악의 상황이라며 '준비하라'는 조대비의 언지를 전해주었다. 조성하가 돌아가자 하응은 명복을 불렀다. 총명하고 영민한 아이였지만 아직도 여전히 철부지였다. '종아리 사건' 이후 제법 성숙해지기는 했지만, 한 번씩 천진난만한 표정을 지으며 엉뚱한 소리를 해대기도 했다. 워낙 호기심이 많은 아이라 흥미가 느꺼지는 데에 집중하느라 전체를 읽지 못하고 놓치는 일이 종종 있었다. 이를 테면 남의 집 족보는 줄줄이 외면서 그 가문의 흐름이 어떻게 이어져 왔는지는 연결 짓지 못했다. 한 인물에 대해 관심을 가지면 끝없이 파고들기는 하지만 그 인물이 살아온 시대의 흐름을 읽지는 못했다.

"명복아, 너처럼 나무만 보다가는 산 전체가 어떻게 생겼는지 모르게 된다. 나무의 이파리까지 어찌 생겼는지 다 아는 것도 필요하지만, 어떤 산에 그 나무가 자리하고 있는 줄도 알아야 한다."

타고난 성격인지, 익숙해진 습관 때문인지 몇 번을 일러주어도 그런 편벽은 잘 바뀌지지 않았다.

"아버지, 찾으셨습니까?"

"궁에서 기별이 왔다. 며칠 내로 궁으로 들어가게 될 것 같구나. 그래서 네게 아비로서 마지막으로 일러줄 것들이 있어 불렀느니라."

하응은 명복이 보위에 오르기 위해서는 익종과 신정왕후(조 대비)의 양자가 되어야 하며 아직 나이가 어리기 때문에 수렴청정의 기간을 거치게 될 것이라고 일러주었다.

"작금의 조선의 현실은 군군신신(君君臣臣)의 나라가 아니다. 즉 임금은 임금으로서의 도리를 다하고, 신하는 신하로서의 도리를 다하는 유교이념에서 한참 벗어나 있다. 왕실의 외척이 중심이 된 세도정치로 왕권은 땅에 떨어져 있다. 우리 조선의 3대 세제인 전정, 군정, 환곡을 이르는 삼정이 문란해지고 탐관오리는 넘쳐나고 있다. 올 2월부터는 삼남지방의 민란이 발생하여 백성들도 이제는 도저히 참을 수 없는 지경에 이르게 된 상황이니라. 그뿐만 아니라 주변국에서부터 먼 나라들까지 호시탐탐 조선을 엿보며 노리고 있다. 한 마디로 조선은 바람 앞의 등불처럼 엄청난 위기에 직면해 있다. 이런 상황에서 너는 열두 살의 나이로 용상에 오르게 될 것이다. 그 나이라면 관례도 치루지 않아 한 가정도 책임지기 힘들다고 할 수 있지. 허나, 너는 한 나라를 책임져야 하는 막중한 위치에 자리하게 되는 것이니라. 알겠느냐?"

"소자, 어찌 그런 막중한 책임을 다 질 수 있단 말입니까?"

"용상이란 그런 자리다. 허나 네 나이를 고려해서 수렴청정을 하는 것이니 그리 걱정하지 않아도 된다. 그리고 이 아비가 너를 성군으로 만들 만반의 준비를 해놓을 것이다. 그러니 너는 궁에 가거든 마음 놓고 제왕학에 집중하여라. 그 후 아비가 깔아놓은 밑거름 위에서 곡식을 거

두면 된다."

"그렇다면 소자는 어느 정도나 준비하고 있으면 되옵니까?"

"나라 곳곳이 썩을 대로 썩어 있으니 그 병폐들을 척결하고, 왕권을 살리고, 외세에 대한 조선의 입지를 강하게 세워야 하니 족히 10년은 걸리지 않겠느냐?"

"그럼 소자는 10년 후부터 제대로 왕이 되는 것이옵니까?"

명복이 조금은 들뜬 듯이 말하는 것을 느낄 수 있었다. 제 마음에는 용상이 그저 안락한 자리라고만 여기는 것 같았다.

"한두 해 더 빠를 수도 있고, 더 늦을 수도 있다. 피는 아비가 묻힐 것이고, 져야 할 역사의 책임이 있다면 그것도 아비가 질 것이니, 너는 성군이 되는 노력을 하면 되느니라. 또한 힘 있는 왕실을 이어가기 위해 생산에도 노력을 기울이거라."

하응의 말에 처음에는 이해하지 못하다가 나중엔 부끄러운지 얼굴이 붉어졌다.

"너를 아비가 지키고 있다는 걸 항상 잊지 마라. 그리고 무슨 일이 생기더라도 아비를 믿어라."

하웅은 앞으로 다가올 많은 일들을 예상하며 명복에게 말했지만, 과연 아들과의 관계가 돈독하게 이어질지 걱정이 앞섰다. 그리고 준비해두었던 봉투를 명복 앞에 놓았다.

"이것이 무엇이옵니까?"

"네 방으로 돌아가면 펼쳐 보거라. 그리고 그 안의 의미를 알려거든 궁에서 〈주역〉에 대해 심오하게 공부해야 할 것이다. 궁에서 너를 버티게 할 힘이 될 것이야. 그리고 네가 친정을 하게 될 그날, 그러니까 앞으로 십 년을 주기로 네게 이 표식이 전달될 것이다. 이번은 처음이니 내가 직접 주지만 나머지는 벌써 내 손을 떠났다. 하지만 어떤 식으로든 네 앞에 가게 될 것이다. 이것이 아비가 네게 해줄 수 있는 일의 전부구나."

그렇게 말했지만 정말 명복이 그 무거운 짐을 제대로 지고 갈 수 있을지 걱정부터 앞섰다.

"정말 소자는 아버지 곁을 떠나게 되는 것이옵니까?"

명복은 무슨 마음이 들었는지 조금 울먹이듯이 말했다. 하지만 이내 기대감이 가득 묻어난 표정으로 바뀌었다.

"내 노파심에서 한 마디 말을 더 하마. 〈논어〉에 나오는 '세한연후 지송백지후조 송백시관사시이불조자(歲寒然後 知松栢之後凋 松栢是貫四時而不凋者)'라는 말을 기억하느냐?"

"네. 한겨울의 추위가 지난 후에야 소나무, 잣나무는 시들지 않음을 알게 된다는 말이옵니다. 그런데 이게 노 파심과는 어떤 관련이 있사옵니까?"

"언젠가 내 너한테 완당 김정희 선생님에 대한 이야기를 해준 적이 있는데 기억하느냐?"

"네. 아버지께는 스승님이시자 우리 집안과는 친척관계 라고 하셨습니다. 그리고 아버지께서 쓰시는 글씨체도 그 분의 추사체라고 하셨습니다. 소자는 도저히 그 추사체 를 흉내 낼 수 없지만요."

글씨체도 사람의 성격과 같은 것이라고 하웅은 말해주 었다. 명복의 성격은 반듯한 데다 부드럽고 섬세한 편이 라 글씨체도 그 느낌이 그대로 드러났다.

"그래, 그 분께서 제주로 유배를 간 적이 있으신데, 그 곳에서 세한도(歲寒圖)라는 그림을 그리셨지. 동그란 창 이 있는, 마치 작은 서재 같은 집과 노송 한 그루, 그리고 잣나무로 상징되는 세 그루가 있는 그림이야. 그 분의 또 다른 제자인 역관 우선 이상적 선생한테 그림을 주었는 데, 나도 구경을 할 수 있었단다."

"그 분의 그림이라면 굉장한 산수화였겠군요."

"아마도 네 눈으로 본다면 지금처럼 말하지는 못했을 거다만, 훌륭한 작품이다. 추운 겨울바람이 휩쓸고 지나간 듯한 황량한 벌판에 허름한 집 한 채와 나무뿐인 그림이지만 뭐라 형용할 수 없는 저력이 느껴졌지. 세한도가 무엇이더냐? 그야말로 추운 시절에 그린 그림이다. 사람에게는 어렵고 곤궁할 때가 있는데, 그 분도 그럴 때였지. 논어 자한편의 글귀가 바로 그 분 그림의 화제에 있었단다."

명복은 무엇을 알겠다는 것인지 고개를 끄덕였다.

"권력이란 쥐고 있을 때는 나는 새도 떨어뜨리지만, 권력에서 손을 놓게 되면 만신창이가 된다. 아비가 언제까지 네 옆에서 있을 수는 없을 것이다. 그 말은 네가 아비를 믿지 못할 지경에 이를 수 있단 말이다."

"소자 아무리 용상의 자리에 있은들 설마 아버지를 믿지 못할 일이 있겠사옵니까?"

"권력이란 그렇지 않다. 삼인성호(三人成虎)라는 말이 있지 않느냐? 세 사람이 호랑이라 하면 호랑이 아닌 것도 호랑이가 되느니라. 네가 아비를 진심으로 생각한다면 오늘 말한 세한도의 화제를 기억하거라."

아직 어린 아이에게 그런 말을 해서 기억을 못하는 걸까? 아니면 임금이 된다는 들뜬 마음에 크게 마음에 새기지 못한 것은 아닐까? 재황은 위나라 혜왕이 방총을 믿지 않았던 것처럼 결국 아버지를 믿지 않았다. 그렇다고 자신이 나서서 "네가 정녕 그날의 말을 잊었더란 말이냐?"라고 따질 순 없었다.

☵
☰

하웅이 재황에게 준 봉투에는 이 표식이 그려져 있었다. 〈주역〉에 나오는 수천수괘(水天需卦)였다. 수(需)는 기다린다는 뜻이다. 하늘(☰) 위에 물, 즉 구름(☵)이 높이 떠 있지만 비가 되어 내리지 못하는 형상으로, 비가 내릴 때까지 기다려야 한다는 의미를 가지고 있다. 마냥 기다리는 것이 아니라, 믿음을 가지면 빛나고 형통할 것이며 올곧은 태도를 유지하면 길할 것이니, 언젠가 다가올 어려움을 극복하기 위해 미리 준비를 철저히 하라는 의미가 그 괘에 담겨 있었다.

〈주역〉은 어린 재황에게는 쉽지 않은 책일 것이다. 공자가 만년에 어찌나 읽고 또 읽고 했던지 대쪽을 엮은 가죽 끈이 세 번이나 끊어졌다는 위편삼절(韋編三絶)이라는 말이 나오게 한 책이 바로 〈주역〉이다. 〈주역〉은 우주의 법칙, 그 속의 인간의 생장소멸에서 벌어지는 현상들의 원리를 설명하고 풀이한 책이다. 공자 스스로도 '좀 더 일찍 주역을 연구했더라면 많은 사람에게 허물을 적게 할 수 있었을 걸'이라고 탄식할 만큼 매우 심오하고 어려운 책인데, 재황이 얼마나 그 뜻에 다가갈 수 있었을까.

"대감마님, 수돌이옵니다."

"어여 들라."

수돌은 예를 갖추고 인사를 올렸다. 하웅에게 있어 지금으로선 자식들보다 수돌이 훨씬 편했다. 면천을 해주었는데도 수돌은 하웅 곁을 떠나지 않았다. 그런 마음이 고마운 데도 달리 표현할 길이 없었다. 아직 자존심이 남아 있다기보다 자식이 아닌 이에게 자신의 약함을 기댄다는 것이 서글프게 느껴졌기 때문이었다.

"어딜 다녀오는 길이냐?"

수돌은 별다른 일이 없는 한 하웅 곁을 지키고 있었다. 정신이 오락가락한 상태에서도 수돌의 얼굴이 보이면 안심이 되었다. 어제부터 몸 상태가 나아지자 재면이 곁을 지키겠다고 했다. 수돌이 자기 집에라도 다녀왔나 싶어 물었다.

"대감마님, 소인의 무례를 용서하여 주십시오."

그런데 수돌이 다짜고짜 고개를 바닥에 대고 조아리는 게 아닌가.

"대체 왜 이러느냐? 그동안 네가 고생한 것 같아 재면이도 미안한지 집으로 보낸 것이 아니더냐?"

"그게 아니옵니다. 소인 멋대로 대감마님을 황망하게 하는 죄를 지었사옵니다."

하웅은 수돌이 자신에게 죄를 지을 이는 아니라고 믿고 있어 크게 염려하지 않았다.

"내가 더 나빠질 것이 있더냐? 내 역정을 내지 않을 터이니 고하거라."

"사실은 폐하를 알현하였습니다."

"뭐? 네 지금 뭐라 했느냐? 누굴 만났다고?"

그토록 그리던 재황을 감히 네 놈이 만났다고? 라고 말할 뻔 했으나 수돌이 아무 이유 없이 재황을 만날 리 없을 거라 여기며 눈빛으로 말을 재촉했다.

"소인, 죽을죄를 지었사옵니다. 허나 소인의 좁은 소견으로는 환후 중이신 대감마님의 사정을 알려야겠다는 마음이 앞섰습니다. 폐하께서 불효를 저지르게 할 수는 없었습니다. 그저 그 마음으로 미천한 소인이 경망스런 죄를 저질렀습니다. 용서하여 주시옵소서."

작년 내내 재황을 만나려고 해도 만날 수 없었다는 것을 누구보다 잘 알고 있는 수돌이었다. 수돌이가 어떤 마음으로 재황을 찾았을지 그라고 모를 리 없었다. 장남 재면이도 못 하는 일을 노비였던 수돌이 한 것이다. 마음으로는 칭찬이라도 해주고 싶었지만, 서로의 체면이라는 게 있어 애써 마음속에 말을 감추었다.

"네가 무슨 수로 경운궁에 갔단 말이냐?"

사실 그 점은 걱정이 되었다. 혹여 자신의 무예만 믿고 어리석은 방법으로 궁을 침입한 것이 아닌지 적이 걱정스러웠다.

"소인이 일전에 우연한 기회에 헐버트 선생을 곤란한 지경에서 도움을 준 적이 있사옵니다. 폐하께서 헐버트 선생을 신뢰한다는 것을 알고, 이번에는 소인이 간곡히 사정을 했습니다."

처음 듣는 이야기다. 수돌이 자신이 한 일을 자랑삼아 떠벌이는 인물은 아니란 걸 알고 있다. 자신이 아는 것보다 훨씬 다양한 인간관계를 맺고 있다는 것도 알지만, 헐버트까지 인맥을 가지고 있다는 점은 놀라웠다.

"그래, 주상이 널 알아보더냐?"

재황이 수돌을 알아보았다면 옛 일도 잊지 않았을 거라는 기대감으로 물어보았다.

"헐버트 선생 사환처럼 행세해서 그런지 처음에는 알아보지 못했습니다. 헐버트 선생이 굳이 옛 친구라고 말해서…… 황망하기 짝이 없었습니다. 폐하께서는 운현궁에서 보냈냐고 하셨습니다."

"오, 저런!"

수돌이 옛일을 간단하게 꺼낸 후에야 재황이 알아보았다고 했다. 수돌을 기억하고 있었던 것이 다행이라고 그는 생각했다. 재황이 수돌을 어떻게 생각하는지 그도 알고 있었기 때문이다.

"내 소식은 역시 모르고 있더냐?"

하웅의 물음에 수돌은 어떻게 대답할 지 망설이고 있었다. 그 행동이 만에 하나 가지고 있었던 기대감을 무너뜨리게 했다. 아마도 재황은 병든 아버지를 찾아뵈라는 수돌에게 역정을 냈을 것이 틀림없다. 수돌은 어릴 때부터 거짓말을 잘 하는 아이가 아니었다. 재황을 위해 거짓말을 할 때도 얼굴에 드러나 있어서 하웅 정도라면 눈치 챌 수 있었다. 그래도 재황이 자신을 조금이라도 생각해주기를 바랐는데, 그것이야말로 헛된 욕심이었나 싶었다. 그렇게 생각하니 자신도 모르게 한숨이 터져 나왔다.

"대감마님, 소인의 좁은 소견으로는 폐하께서 분명 대감마님을 찾으실 거라고 사려 되옵니다. 분명한 이유 같은 것은 댈 수 없사오나 소인은 그렇게 느꼈습니다. 소인을 만나려면 헐버트 선생을 찾으면 되느냐고 하셨습니다. 그러니 너무 상심하지 마옵소서."

수돌은 상대방을 배려하는 마음을 가진 아이였다. 지금은 물론 장성한 어른이지만 하웅은 수돌을 의지하고 있어서 그런지 남처럼 여기지 않았다. 어쩌면 친자식들보다 하웅의 마음을 더 잘 아는 녀석이었다. 수돌이 자신을 생각해서 재황과의 모든 일을 이야기하지 않았지만, 존중해주기로 했다.

"알겠다. 네가 나 때문에 고생이 많았구나."

"그런 말씀 마옵소서. 송구스럽습니다."

"내가 이제껏 네게 진 신세를 어찌 다 갚을 거나."

"대감마님, 그리 약해지시면 아니 되옵니다. 폐하를 뵈시려면 심신을 굳건히 하셔야 하옵니다. 의원도 걱정하지 않으셨습니까?"

"오냐, 오냐. 네 녀석이 내 마누라가 다 되었구나. 허허."

자식들을 생각해도 마음이 따가웠지만, 수돌을 생각해도 그랬다. 물론 수돌은 자식들보다 편해서 그런지 마음이 따뜻할 때가 더 많았다. 지금처럼 걱정에 찬 잔소리를 할 때는 더 그랬다. 재황이 즉위하고 10년 동안 훗일을 생각해서 수돌을 내보냈을 때와 그가 청에 있는 동안을 제외하면 수돌은 늘 그와 함께 있었다.

"수돌아, 너도 내가 나빴다고 여기느냐?"

"무슨 말씀인지 모르겠사옵니다."

답하기 곤란할 때 수돌이가 자주 써먹는 답이었다.

"뭐든 허심탄회하게 말해보아라. 의원의 말이 아니더라도 나는 안다. 내 살날이 얼마 남지 않는다는 것을. 사람은 언제 태어날 지는 스스로 느끼지 못하지만, 죽을 때는 느낌이 오는 것 같구나. 그래서 조급해지기도 하지만, 허허로워지기도 한단다. 나는 이미 각오를 하고 있다. 내가 살아 있을 때던 죽고 사라졌을 때던 내가 들어야 할 욕이 있다는 것을 말이다. 그것이 권력을 쥐었던 이들의 책임이지. 권력을 탐하려거든 역사의 평가를 두려워할 줄 알아야 하지. 그래서 내 너한테 듣고 싶구나. 넌 내 가까이에 있는 이들 중에 가장 특별한 사람 아니냐?"

"대감마님, 무슨 그런 말씀을 하시옵니까? 소인이 뭐라고요. 소인은 아무 것도 아닙니다."

"아니다. 너야말로 백성에 가장 가까운 이가 아니더냐. 내 네가 한 말을 들어야 편해질 것 같다."

"대감마님, 소인이 가장 낮게 있기는 하오나 어찌 보면 대감마님 가장 가까운 데서 있었지 않사옵니까? 소인의 눈과 귀는 대감마님을 향하고 있었기에 말씀도 더 드릴 것이 없사옵니다."

수돌을 잘 알지 못한 사람이라면 그저 칼깨나 쓰는 무사거나 천출 정도로 여기겠지만, 웬만한 사대부 못지않은 학식과 아량이 넓은 인품의 소유자였다. 하웅의 곁에 두기엔 아까운 인재라고 할 수 있었다. 그의 욕심이 수돌을 붙잡기도 했지만, 스스로도 남아 있겠다고 했다.

"너무 빼지 않아도 된다. 그냥 네가 느끼는 대로 말해 보렴. 너 내게 부질없는 희망을 안겨주었으니 예방 차원에서라도 들어둬야 하지 않겠느냐?"

그제야 수돌은 하웅이 자신의 평가에 대해 왜 그리 재촉하는지 이해하는 것 같았다. 하웅을 지그시 바라보는 수돌의 눈빛에는 쓸쓸함이 스쳐 지나갔다.

"대감마님, 소인의 좁쌀 같은 소견으로는……."

거기까지 말하곤 침을 크게 삼켰다. 평소 같으면 '좁은'이라고 말하던 수돌이 '좁쌀'이라고 힘을 주어 말하다 그만 숨이 막혔던 모양이었다.

"대감마님은 어쩔 수 없었다고 생각합니다."

"어쩔 수 없었다고?"

"대감마님은 혼자셨습니다. 홀로 안동김씨가 주도한 60년 세도정치를 척결하시었고, 백성들을 수탈하던 서원을 정리하시었고, 마구 덤벼드는 서양 오랑캐들을 막아내셨습니다. 그 모든 일들이 조선의 국권을 바로 잡고, 폐하께 힘을 실어주시려고 했던 것을 모자란 소인도 알고 있사옵니다. 그럼에도 불구하고 대감마님을 음해하려는 세력들은 폐하와의 사이를 이간질했습니다. 그래서 폐하도 대감마님에 대한 오해만 쌓이신 거라 봅니다. 그런데도 대감마님은 대감마님을 중심으로 세를 키우자고 했던 충언들도 거절하셨습니다."

한 나라의 운명을 한 사람의 힘으로 바꿔내기는 힘들다는 말을 누군가가 했었다. 그것도 망국의 기운이 가득한 상태에서라면 많은 이의 결집이 필요하다고 했었다. 수돌은 그렇게 말했던 이의 말을 잊지 않고 있었다.

"그렇구나. 네가 내 가까이에 너무 오래 있었구나. 지금 내게는 쓴 약이 필요한데, 너는 감초 같은 말만 하는구나."

"쓴 약을 지으려 해도 감초는 들어가는 것으로 알고 있사옵니다. 그리고 소인은 끝에 쓴 약초도 조금 넣었습니다. 대감마님께선 폐하를 위해서 좀 더 많은 집을 지으셨어야 했습니다. 지금은 흑돌에 막혀서 어쩌시지 못하시지 않습니까?"

조정에서 물러나 양주에 가 있을 때 수돌에게 바둑을 가르친 적이 있었다. 워낙 영민한 아이라 금세 이해하고 곧잘 두었다. 그리고 바둑을 통해 세상도 읽을 줄 알게 되었으니, 자기 스스로 모자라다고 하는 것은 겸양의 예를 알기 때문이었다.

"아직 난 불계패(不計敗)를 외치지 않았고, 아직 남은 수도 있다. 미생(未生)이지!"

스스로 '미생'이라고 말하고 나자 왠지 모를 서글픔이 밀려왔다. 한때는 대마였던 자신이 이제는 죽을 날을 앞둔 미생에 지나지 않는다니!

"대마불사(大馬不死)라 했습니다. 아직 희망을 버리시면 아니 되옵니다."

기특한 녀석이다. 상전을 위한답시고 일가를 이루는 것
도 포기한 수돌에게 미안한 마음까지 들었다.

　"오늘은 예서 그만 하자. 몸에 힘이 빠지는구나."

　최근 들어 성정이 순해져도 너무 순해졌는지 수돌에게
미안한 마음이 들자 얼굴을 쳐다보고 있기가 힘들어졌
다. 차라리 수돌이 지금보다 쓰게 나왔다면 힘이 날 것
같은데, 지금은 너무 달게 대해 준다. 물론 다른 때라고
다르지 않았지만, 지금은 대적할 힘이 나지 않았다.

　"대감마님 편찮으신 걸 소인이 깜빡했나 봅니다. 어서
누우십시오."

　수돌은 제 주먹으로 머리통을 치면서 말했다.

　"나는 천리를 끌어들여 지척으로 삼고자 하며 태산을
깎아 평지를 만들고자 하며 남대문을 높여 3층으로 만들
고자 합니다."

　하응은 왕의 아버지로서 처음 조정 대신들과 만나는
자리에서 자신의 뜻을 밝혔다. 이날 이 순간을 얼마나 기
다리고 기다렸는지 모른다. 그가 지난날 별 볼일 없는 왕
실 종친 정도로 행세를 하면서까지 살아남으려고 했던 몸
부림을 이제야 깨닫는 이들이 놀란 눈으로 그를 쳐다보았

다. 그리고 그의 말은 그들 심장으로 꽂혔다.

태산을 깎아 평지로 만들겠다니, 60여 년을 군림해왔던 자신들의 자리가 위태로운 순간이었다. 하응의 귀에 낮게 한숨소리가 터져 나오는 것을 느낄 수 있었다. 그가 살생부라도 작성해서 어린 왕에게 올리면 그대로 실행이 될 것은 불 보듯 뻔한 일이었다. 이대로라면 안동김씨는 더 이상 왕실에 붙어 볼 명분이 없어진 것이나 다름없었다. 어린 왕은 대왕대비의 양자요, 대왕대비가 수렴청정을 하고 있지만, 실질적인 권한은 흥선대원군으로 불리는 그에게 있었다. 다만 회심의 미소를 짓고 있는 이가 있다면 미리 그에게 자신의 딸과 재황과의 혼약을 언급해 놓은 김병학 정도였을까.

'그대들 중에는 분명 나 이하응을 죽이지 못한 것을 원통하게 여기는 이가 있겠지?'

그들은 권력에 취해 방심해 있었던 것이다. 그래서 자신들이 보고 싶은 것만 보게 되고 믿고 싶은 것만 믿게 되는 생각의 오류에 빠진 것이다. 언제까지나 자신들의 세상이 지속될 줄 알았던 것이다. 하응은 그런 생각의 오류의 대가를 조만간 현실적으로 뼈저리게 느끼게 해주리라 생각했다.

원래는 국가의 중대사를 결정하고 처리하던 합의기관이었던 비변사는 외척들과 세도가가 장악하면서 조정의 최대 권력기구가 되었다. 비변사가 강할수록 왕권을 약화시킬 뿐만 아니라 그들의 입맛에 따라 쥐고 흔들었다. 그래서 가장 먼저 비변사의 기능을 약화시키고 이듬해에 폐지를 시켰다. 고여서 썩은 물은 새 물로 갈아야 한다. 그동안 세도정치 하에서 소외되었던 북인과 남인 계열의 인재들을 골고루 등용하였다.

그러나 무엇보다 조선 사회를 뒤흔들었던 사건은 따로 있었다. 윗물이 썩어 있으면 아랫물 뿐만 아니라 물줄기가 닿는 모든 곳이 썩게 마련이었다. 세도정치의 폐해는 학문을 가르쳐야 하는 서원마저 썩은 물로 가득 차게 해서 그 기능을 잃게 했다. 그들은 자신들의 세력 기반 확충을 위해 서원을 증가시켜 전국적으로 650여 개가 넘게 만들었다. 서원의 숫자만 늘어난 게 아니라 그들의 권세도 대단했다.

안동김씨의 권세가 기승을 부릴 때였다.

하응은 만동묘가 있는 화양서원을 지난 적이 있었다. 만동묘는 충청도 괴산 화양동에 있는 사당이었다. 임진왜란 때 조선을 도와준 명나라 신종(神宗)에 대한 보답으로 제사를 지내는 곳으로, 송시열의 유지를 받든 권상하 등이 세운 사당이었다. 만동묘의 제사는 화양서원에서 주관하고 있었다.

'이곳이 노론의 소굴이란 거지? 썩은 내가 진동을 하는구나.'

만동묘의 제사를 위해 양반이든 양민이든 간에 제수전에 필요한 비용을 갖다 바쳐야 한다는 사실을 알고 있었다. 백성들은 이미 전세·군포·환곡의 삼정으로도 살길이 막막한데, 비용을 바치지 못하면 바로 끌려가 협박과 폭언을 듣고 매를 맞는 등 심한 능욕을 당한다고 하니 그 위세가 얼마나 센 지 알 수 있었다. 오죽하면 서원을 '남방의 좀'이라고 불렀을까.

'어찌 우리 조선의 임금도 아닌, 이미 망한 명(明) 임금의 제사를 지내는데 그토록 혹독하단 말인가? 내 나라 백성을 힘들게 하면서까지 그들을 우러러 볼 필요가 뭐 있단 말인가? 청에는 큰소리도 치지 못하면서 사라진 명을 기린들 무슨 의미가 있단 말인가?'

그렇게 생각하자 도대체 뭐가 그리 대단한지 구경이라도 하자 싶어 천하장안(천희연, 하정일, 장순규, 안필주)으로 유명한 동행인들에게 화양서원에 들렀다 가자고 했다.

"이보시오! 여기가 어디라고 감히 부액을 해서 올라오는 것이오! 썩 물러나지 못하오?"

하응이 만동교 계단을 오르자 천하장안이 부축을 해주고 있었는데, 만동묘 묘직이 화를 내며 호통을 치는 것이 아닌가.

"아니, 이 분이 누군데 감히 호통이냐? 이분은 흥선군 어르신으로, 왕손이니라."

너무 황당한 나머지 하응이 말을 잇지 못하자 제일 사납게 생긴 천하장안 중 한 명이 묘직에게 소리를 쳤다.

"여기는 왕손이 아니라 임금이 와도 그렇게 부액을 해서 오지 못하니 썩 물러나시오!"

묘직의 그 말에 화가 난 하응은 서원의 유사(有司)를 찾아 따져 물었다.

"군 나리께서 잘못 하신 겁니다. 이곳의 법도가 그러하옵니다."

"법도라니?"

"이곳에 모시는 분이 누구신지 모르십니까?"

그 유사의 말에 그만 말문이 막혔다. 명 황제를 모신 곳이니 임금이 와도 부축을 받아 올라가지 못한다는 묘직의 말을 거든 거나 다름없었다. 마치 왕릉의 신도로 걷지 못하는 것과 마찬가지 이치였다. 그 후로 '판서위에 정승, 정승 위에 승지, 승지위에 임금, 임금위에 만동묘직'이라는 말이 한동안 떠돌기도 했다.

〈여씨춘추〉에 '각주구검(刻舟求劍)'이라는 말이 있다. 초나라 사람이 강을 건너다 칼을 물에 빠뜨렸다. 황급히 칼을 떨어뜨린 뱃전에 표시를 새겼다. 그리고 배가 강가에 닿자 초나라 사람은 표시가 새겨진 뱃전 아래의 물로 뛰어들었다. 그러면 뭐하겠는가? 배는 이미 지나왔고 칼은 먼저 빠뜨린 물속에 있지 않는가? 그래서 '옛날 법으로 나라를 다스리는 것도 이와 같다. 때는 이미 지나갔는데 법이 그걸 따라가지 못한 상태에서 나라를 다스린다면 어찌 어렵지 않겠는가?' 라고 〈여씨춘추〉는 말한다. 성리학이며 명나라 황제를 섬긴들 서원이 백성들의 고혈을 빨아먹는다면 나라에는 해악이 될 뿐이라고 하응은 생각했다. 고지식하고 융통성이 없을뿐더러 몇몇의 배나 채우는 일만 하는 곳이라면 아예 없어져야 한다고 생각했다.

그래서 화양서원과 만동묘를 필두로 서원 철폐의 시작을 알렸다. 전국 서원 중 47개소만 남겨 두고 대폭 정리하였다. 백성들이야 그동안의 착취로부터 벗어나니 어깨춤이라도 추었겠지만, 유생들의 저항은 격렬했다. 유생

대표가 궐문 앞에서 시위하고 탄원하며 호소하였다.

"아버지, 소자는 서원철폐에 반대하지는 않습니다만, 어찌 보면 조선의 근간을 뒤흔드는 일이 아니옵니까? 유생들의 반발이 만만치 않다고 들었습니다. 아버지께 해가 될까 봐 염려되옵니다."

재황은 비록 수렴청정의 기간을 보내고 있었지만, 조정의 일 하나하나에 관심을 기울이고 있었다. 자신이 공부하는 제왕학에 비추어 연결지어보려는 노력이 가상해보였다. 여전히 눈앞의 일에만 신경 쓰기는 했지만 아직은 그만큼만 보일 수밖에 없다고 생각했다.

"주상, 옛말에 나무를 흔들 때 한 잎 한 잎 끌어당기면 힘만 들 뿐이지만 뿌리를 좌우에서 친다면 잎이 전부 흔들려 떨어지게 될 것이라고 했습니다. 세도정치로 왕실의 위엄을 떨어뜨린 그들에게 확실히 힘을 보이려면 한 잎 한 잎 따서는 아무런 자극이 되지 못합니다. 그렇다고 완전히 뿌리를 뽑은 것은 아니지 않습니까?"

그는 혹여 아버지에게 해가 될까 염려하고 있는 재황을 안심시키려 했다. 그래서 유생들의 반발에 더욱 거세게 나갔다.

"백성들에게 해가 되는 것이 있다면 내 비록 공자가 다시 살아난다 하더라도 용서치 않겠다. 하물며 서원은 우리나라의 선유에게 제사 지내는 곳인데 어찌 이런 곳이 도적이 숨는 곳이 되겠느냐?"

유생들의 저항과 항의로 멈출 것이었으면 처음부터 시작도 하지 않았을 것이라고 큰소리쳤다. 군졸들로 하여금 유생들을 해산시키고 한강 건너로 축출하였다. 그 일이 자신의 몰락을 예고하고 있다는 것을 당시 그로서는 알지 못했다. 다만 그는 옛 중국 정(鄭)나라의 정자산 같은 재상이 되고 싶었다.

〈사기〉에 이르기를 '자산이 재상이 되어 1년이 지나자 소인배들의 경박한 놀이가 없어졌고, 반백의 늙은이들은 무거운 짐을 나르지 않았고, 어린 아이들은 밭을 갈지 않게 되었다. 2년이 지나자 시장에서 값을 에누리하지 않았고, 3년이 지나자 밤이 되어도 문단속을 하는 집이 없어졌으며, 길에서 떨어진 물건을 줍는 사람이 없었다. 4년이 지나자 밭갈이하는 농기구를 집으로 가지고 돌아가지 않아도 되었고, 5년이 지나자 사족은 군역에서 해방되고, 상복을 입는 기간은 어김없이 지키게 되었다.'고 했다.

정나라 임금이었던 목공의 손자였던 자산과 진(晉)과 초(楚)라는 두 강대국 사이에 끼어 있는 작은 나라 정나라는 자신이나 조선과도 닮아 있었다. 자산처럼 안으로 는 정국을 회복하고, 밖으로는 오랑캐들이 함부로 하지 못하는 부국강병을 이루고 싶었다. 자신이 자산처럼 정 치를 펼친다면 굳이 군주인 재황이 작은 일까지 나설 필 요가 없게 된다. 군주가 직접 나서지 않아도 덕을 행할 수 있게 되는 것이라고 하응은 생각했다.

세상일이란 게 모두에게 골고루 좋은 쪽으로 가지 않는 다. 일의 결과에 따라 좋은 쪽이 있는가 하면 나쁜 쪽도 있는 법이다. 임금에게 좋은 일이 신하에게는 좋지 않을 수 있고, 양반에게 좋은 일은 상민들에게 힘들 수 있는 게 세상 이치라고 하응은 생각했다. 수탈당하는 백성들을 조금 편하게 해주려고 했던 정책들은 양반들의 반발을 심 하게 살 수밖에 없었다.

'자산은 '정치는 두 가지 방법밖에는 없다. 하나는 너 그러움이고, 하나는 엄격함이다. 덕망이 높고 큰 사람만 이 관대한 정치로 백성들을 따르게 할 수 있다. 물과 불 을 가지고 비유하면 적절할 것이다. 불이 활활 타오르면 백성들은 겁을 먹는다. 따라서 불에 타 죽는 사람은 아 주 적다. 물은 성질이 부드럽기 때문에 백성들이 겁을 내지 않는다. 그래서 물 때문에 죽는 사람이 많은 것이다. 관대한 통치술이란 물과 같아 효과를 내기가 여간 어렵지 않다. 그래서 엄격한 정치를 하는 경우가 훨씬 더 많은 것이다.'라고 했다. 그렇다면 나는 불의 정치를 펼쳤던 것인가? 그래서 오래 갈 수 없었는가?'

어쩌면 수돌의 말이 맞을지도 모른다. 혼자 다 이루어 놓기는 어려운 일이었다. 안동김씨의 세도 하에서 살아남기에 급급한 것은 아니었을까. 그때 천하장안을 방패 막으로 자신을 숨기려하지 말고 미리 세력을 키우며 앞일을 도모하는 편이 나았는지도 모른다. 하지만 그랬다면 재황을 용상에 오르게 하는 일이 어려웠을지도 모른다.

'나는 무엇이 되려고 했는가? 장자는 '산에 있는 나무는 사람들에게 쓰이기 때문에 잘려 제 몸에 화를 미치고, 등불은 밝기 때문에 불타는 몸이 된다. 계수나무는 먹을 수 있기 때문에 베이고, 옻나무는 그 칠을 쓸 수 있기 때문에 잘리고 찍힌다. 사람들은 모두 유용(有用)의 용(用)만을 알 뿐, 무용(無用)의 용(用)을 알려하지 않으니 한심한 일이다.'라고 했는데, 나는 진정 무용의 용을 알지 못한 어리석은 이였단 말인가?'

'영예와 비방도 없고 용이 되었다가 뱀이 되듯이 신축자

재(伸縮自在)하며, 때의 움직임과 함께 변하여 한 군데에 집착하지 않는다. 올라갔다 내려갔다 하며 남과 화합됨을 자기 도량으로 삼는다. 마음을 만물의 근원인 도에 노닐게 하여 만물을 뜻대로 부리되 그 만물에 사로잡히지 않으니 어찌 화를 입을 수 있겠느냐.'

장자가 말한 그 대목이 가슴을 밀고 들어왔다. 같은 책을 보고 또 보아도 언제 보느냐에 따라 느끼는 생각은 다르다. 혈기왕성할 때는 유용이니 무용이니 쓰임에 대해서만 생각하게 되고, 죽을 날이 다가오니 도(道)가 보인다. 부러지지 말고 휘어져야 한다고 생각은 하지만 뜻하는 것처럼 되지 않는 것이 현실이다. 난 치는 것도 같은 이치이거늘 수십 년 난을 치고도 부족한 덕으로 화를 면치 못했던 자신의 어리석음에 깊은 한숨을 내쉬었다.

재황이 어떤 결정을 할지 모르지만 정신 줄을 놓지 않고 기다리리라. 그래서 저승 가는 길이 빨라진다고 하더라도 만날 수만 있다면 그도 복이라고 생각했다. 혼자서 온몸으로 조선의 현실을 안고 있는 재황에게 작은 힘이라도 되어 주리라는 마음으로 긴장의 끈을 조였다.

'정녕 운명이었을까? 아니면 운명의 물줄기를 내가 튼

것일까?'

〈한비자〉'망징(亡徵)' 편에 '나무가 부러지는 것은 반드시 좀을 통해서이고, 담장이 무너지는 것은 반드시 틈을 통해서다. 비록 나무에 좀이 먹었다 하더라도 강한 바람이 불지 않으면 부러지지 않을 것이고, 벽에 틈이 생겼다 하더라도 큰 비가 내리지 않으면 무너지지 않는다. (木之折也必通蠹, 牆之壞也必通隙, 然木雖蠹, 無疾風不折, 牆雖隙, 無大雨不壞)'고 했다. 이미 썩을 대로 썩은 나무와 기울어질 대로 기울어진 벽을 떠안고 시작한 일이었다. 바람이 불지 않기를, 큰 비가 내리지 않기를 바랄 뿐이었다. 바람과 비는 그로서도 막을 수 없는 거대한 운명 같은 것이었다. 그는 하늘이 아니라 그저 인간이었다.

'아, 이렇게 꺼져가는 것일까. 처음이 있고, 끝이 있듯이 조선도 정녕 끝을 향해 가는 것이란 말인가. 재황을 어찌하면 좋단 말인가?'

오이디푸스들

"오이디푸스라고 하셨습니까?"

재황의 물음에 헐버트는 깜짝 놀랐다. 엊그제 갑자기 수돌을 데리고 온 일로 재황에게 사죄를 드리러 와서 차를 마시고 이제 막 결례를 용서해 달라고 말하려던 참이었다. 그런데 갑자기 재황의 입에서 '오이디푸스'라는 단어가 나오자 당황했다.

"그걸 아직도 기억하십니까? 폐하께서는 한 번 들은 이야기는 잊으시지 않으십니다."

"짐이 흥미를 갖는 것은 잘 기억하는 편입니다."

언젠가, 아마도 민비의 죽음 이후였을 것이다. 왕의 안전을 지키기 위해 불침번을 서던 헐버트에게 재황은 흉중의 말을 나눌 수 있을 정도로 친밀해졌다고 느꼈는지 서양에도 부자지간에 앙숙처럼 지낸 역사가 있는지 물었다. 헐버트는 동서고금을 막론하고 사람이 사는 일인데 다를 수 있겠냐고 말하며 그리스 신화에 나오는 '오이디푸스' 이야기를 들려주었다. 어쩌면 인간 내부에 가지고 있는 고유한 감정의 일부일 거라고, 전혀 이상하지 않는 심리상태라고 말한 적이 있었다. 새삼 그 말을 꺼내는 것을 보면 수돌을 통해 아버지인 흥선대원군의 상태를 알고 마음이 편치 않는 모양이었다.

"짐이 생각해보니 우리 조선에도 그런 오이디푸스들이 있었습니다. 짐의 선대왕들 중에도 말입니다. 아, 물론 자식이 아비를 죽이는 일은 없었습니다. 조선은 유교를 국교로 삼고 있었으니……. 반대로 아버지가 자식을 죽이는 일은 있었지요. 이건 이미 역사에 있는 일이니 굳이 숨길 필요는 없겠지요. 짐 역시 사내이니 아버지의 입장에서 생각을 해보았어요. 자기보다 아들이 뛰어나다고 여길 때, 숨기고 싶은 치부를 아들이 알고 있을 때 뿐만 아니라 아들이 아비가 원하는 기대치에 못 미쳤을 때도 아들과 불화가 시작되는 겁니다."

재황은 인조대왕은 소현세자를 독살했다는 야사가 전해지고, 영조대왕은 장헌세자를 뒤주에 가둬 죽게 했다는 말까지는 차마 입 밖으로 낼 수는 없었다. 헐버트가 말한 오이디푸스 왕은 헐버트의 나라 왕의 이야기가 아니니까 말할 수 있었을 거라고 생각했기 때문이다.

"아버지와 아들은 힘을 겨루듯 심리적으로도 겨루는 관계인지도 모릅니다."

헐버트는 재황에게 동조를 보내듯 말을 보탰다.

"그겁니다. 짐이 하고 싶었던 말이. 조선에는 가장 죄질이 나쁘다고 여기는 범죄가 두 가지가 있지요. 반역을 꾀하는 대역죄와 인륜을 어기는 강상죄가 있습니다. 옛 서책을 찾아보니 재미있는 일이 있었더군요. 아주 오래 전에 황해도에서 아들이 밥을 먹다가 아버지를 밥그릇으로 때려 죽인 일이 있었어요. 그 일은 왕의 귀에까지 전해지게 되었지요. 당연히 강상죄에 해당되니 그 아들을 잡아들여 사형에 처하라고 어명을 내리려 했겠지요. 그런데 신하가 하는 말이, 두 부자가 겸상을 했다는 겁니다."

"겸상이라면 같이 마주보며 식사를 하는 것을 말하지 않습니까? 그게 무슨 문제라도 되옵니까?"

헐버트는 고개를 갸우뚱거리며 이해하기 힘들다는 듯

이 재황을 쳐다보았다. 서양 사람들이야 겸상이 당연한 식사문화였으니 그럴 법도 했다.

"조선에서는 부자가 겸상을 하지 말라는 관습이 있지요. 그러고 보면 우리 조상들도 참 슬기롭지요. 밥상머리에서 아버지가 아들에게 이것저것 지적을 하게 되면, 아들은 그렇지 않아도 아버지가 어려운데 아버지 앞에서 훈계를 들으며 밥을 먹게 되면 밥이 목구멍으로 잘 넘어가지 않는다는 생각에서 그랬습니다. 조선의 식사문화 중에 소반이 많은 것도 그 때문이지요. 노부부간이나 고부간에도 겸상을 하지 않았으니 말입니다. 어쨌든 겸상을 한 책임은 아버지에게 있으니 강상죄를 지었지만 아들은 사형을 면하게 되었다는 이야기입니다."

"폐하의 말씀을 듣고 보니 조선에서는 사람의 심리에 대한 연구가 꽤 깊었나봅니다. 그런 배려까지 하는 걸 보면 말입니다."

"그렇지요. 아버지와 아들 사이의 관계는 한 집안의 명운을 좌지우지하기도 하지만 그 부자관계가 왕실에서도 크게 다르지 않겠지요? 조선에도 용상에 오르기는 했지만 폐위가 된 경우도 있는데, 그 중 연산군이 있지요. 연산군의 아버지는 성종대왕으로 세종대왕만큼 성군으로 평가를 받는 답니다. 그런데 연산군은, 자랄 때는 대단한 아버지의 기운에 눌려 성장했고, 왕위에 올라서는 신하들로부터 선왕과 비교를 당했지요. 물론 그것이 가장 결정적인 이유는 아니었지만 연산군이 폭군이 되는데 영향을 끼쳤다고 봅니다."

"폐하께서는 어떠십니까? 폐하의 상황은 다른 선왕 분들에 비하면 특수한 상황이긴 합니다만."

재황이 잠시 할 말을 잊은 듯 침묵하고 있는 사이 헐버트는 이제 폐하의 이야기를 하고 싶은 것이 아니냐는 듯이 물었다.

"짐은 아직 잘 모르겠습니다. 답을 구하고자 지금껏 이야기는 늘어놓았으나 정작 짐의 답을 찾지 못했어요. 어디서부터 아버지와의 관계가 틀어지게 되었는지……."

재황이 찾지 못한 답을 헐버트라고 찾아줄 수 있는 것은 아니었다. 재황 역시 헐버트에게 답을 구하는 것이 아니라 자신의 이야기를 들어줄 사람이 필요했던 것이다.

처음엔 그저 얼떨떨했다. 관례를 치루는 나이가 되기도 전에 조선에서 가장 귀하고 높은 자리에 앉게 되었다는 것은 상상 이상이었다. 이태 전에 아버지로부터 귀띔을 받고 나름대로 마음의 준비를 했다고 여겼지만, 그것은 상상하는 것에 지나지 않았다. 누구한테 대놓고 임금은 어떻게 사는지 물어볼 수는 없었기 때문이었다. 만일 앞날의 계획이 없었다면 편하게 물었을지도 모른다. 궁 담만 처다보고 지나본들 임금의 생활을 알 수는 없는 노릇이었다.

궁 안의 모든 사람들이 마치 자신을 위해 움직이고 있는 듯이 느껴졌다. 실제로도 그랬다. 어리거나 늙거나 재황에게 고개를 숙였다. 한때는 재황에게 호통을 쳤을 대신들도 눈앞에서만 그러는지 모르지만 쩔쩔 매는 시늉을 했다. 입는 거며 먹는 거며 최고가 아닌 것이 없었다. 손하나 까딱하지 않아도 될 만큼 시중을 들어주는 이들도 많았다. 모든 것이 낯설면서 신기했다.

그렇다고 왕이라고 해서 다 좋기만 하는 것은 아니었다. 궁궐 법도는 왜 그리도 많으며 가리는 것 또한 많은지 때론 답답하게 느껴졌다. 무엇보다 마음대로 궁 밖을 나갈 수도 없는 처지라는 점은 그다지 좋지 않았다. 세상에 다 좋은 것만 있는 게 아니라고 혼자서 투덜거리기도 했다.

'수돌이를 데려왔으면 좋았을 텐데'

궁으로 들어간다고 했을 때 당연히 수돌이도 함께 가는 줄 알았다. 그런데 수돌이는 사가에 딸린 노비라 데려

갈 수 없다고 했다. 어떻게든 사정을 해서 데려가고 싶었지만 아버지가 허락하지 않았다. 수돌이는 따로 할 일이 있다고 했다. 수돌이와 인사라도 했으면 싶었는데, 재황이 고집을 피울까봐 그랬는지 수돌이를 먼저 다른 곳으로 보내버렸다.

그리고 구름재 집보다 좋은 것이 있다면 서책들이 비교할 수 없을 정도로 많다는 것이었다. 재황이 책을 싫어했다면 지겨울 정도겠지만, 오히려 흥미를 당기게 했다. 또한 공부를 가르치는 선생들까지 있어 재황의 호기심을 자극하기엔 충분했다.

왕이라 하지만 아직 관례도 치루지 못할 만큼 어린 나이다 보니 대왕대비의 수렴청정과 아버지 대원군의 섭정으로 국정을 신경 쓸 일은 없었다. 왕의 권한이 필요한 데에만 자리하거나 어명을 내려주면 되는 것이었다. 처음 조정대신들 앞에서 내린 명이 계동 군밤장수를 잡아다 죽이라는 것이었다. 뭔가 거창한 것으로 말을 해야겠다고 생각은 해두었는데, 그도 처음 해보는 일이라 마음속에 맺혔던 말이 튀어나오고 말았다. 대신들과 대왕대비의 제지에 수포로 돌아갔지만, 그로 인해 아버지에게 힘을 실어주는 결과가 되었으니 그도 괜찮다고 생각했다.

아버지가 노란 봉투 안에 넣어 준 것은 주역의 괘였다. 궁에 들어와 짬을 내어 주역에 파고들었다. 주역은 참으로 오묘한 책이자 학문이었다. 읽히는 대로 이해하는 대로 끝나는 것이 아니었다. 그래도 괘의 뜻을 해석하는 정도는 되었다. 궁에 들어오기 전날 아버지가 일러준 대로 기다리라는 의미를 담고 있는 괘였다.

기다릴 것이다. 나는 아직 무엇을 해야 할지 모른다. 배우고 익혀야 할 것이 많다. 아직은 내 자신도 책임지지 못하는 나이인데, 어찌 한 나라를 책임질 수 있다고 하겠는가? 더군다나 매우 어려운 정국이 아닌가. 새로운 왕의 등극으로 혼란스러운 데다 60년 세도정치로 피폐해진 이 나라를 일으키려면 큰 싸움을 벌여야 하는데, 어찌 그 일을 다 할 수 있단 말인가. 아버지를 보고 배우리라.

재황은 아버지 흥선대원군이 조정을 쥐락펴락 하는 것을 보고 감탄을 금치 못했다. 어렸을 때부터 우러러보던 아버지였지만, 대원위대감의 모습은 어떤 때보다 더 강렬했다. 차라리 아버지가 왕이 되었으면 좋았을 거라는 생각도 했다. 그렇다면 자신은 왕자로 살아도 족했을 거라는 생각을 하다가, 그랬다면 왕위를 물려받지 못했을 거라는 생각에 미치자 고개를 흔들었다. 장자 계승 원칙으로 재면에게 왕위가 내려갔을 것이니 말이다. 처음부터 몰랐다면 그 역시 당연한 것으로 받아들일 수 있었을 테지만 '너는 왕이 될 것이다'고 해서 꿈을 키워온 날이 그것을 쉽게 허락하지 않았다. 어쨌든 나는 지금 조선의 왕이라고 생각하니 마음이 놓였다.

왕의 권한이 제대로 주어진다면 하고 싶은 일들이 많았다. 가장 먼저 수돌이를 면천시켜주어 과거를 보라고 해서 급제하면 벼슬을 줄 것이다. 비단 수돌이만을 위한 것이 아니라 능력만 된다면 빈천을 따지지 않고 기회를 주어야 인재들을 많이 모을 수 있다. 부국강병을 이루려면 인재들을 많이 등용해야 한다. 아버지도 그동안 기회를 얻지 못한 남인과 북인 출신들에게 기회를 주고 있지 않는가.

"백성들에게 많은 이익을 가져다주는 새로운 문물들을 받아들여 지금보다 강하고 부유한 조선을 만들고 싶습니다."

　간혹 아버지가 들러서 안부도 묻고, 강학 교재에 대해서도 묻곤 했다. 한날은 어떤 조선을 생각하고 있느냐고 물어 수돌이에게서 떠오른 인재등용은 말하지 않고, 마포나루를 드나들며 생각한 것을 밝혔다.

　"군주는 당연히 부국강병을 생각하고 있어야 합니다. 조선을 둘러싼 여러 나라들이 머지않아 조선에도 들어올 것입니다. 지금도 조선에 들어와 있는 이들이 있으니까요. 청이나 왜 말고도 서양 사람들이 드나들게 되면 새로운 문물을 받아들이기는 어렵지 않을 것입니다. 청을 통해서 교류했던 것보다 더 빠르겠지요. 다만 그들을 맞이하기 전에 우리 조선이 힘을 가지고 있어야 합니다. 주상은 그 힘을 어떻게 기를 것인지 생각하십시오. 나는 주상에게 힘을 실어주기 위해 내부의 좀들을 치우고 왕권이 굳건해지는 일을 하겠으니 말입니다."

　"아버지께서 그리 말씀해주시니 저도 더욱 학문에 힘쓰겠습니다. 다만 아버지께서 너무 세게 밀어붙이면 반대의 바람도 거세질까 염려되옵니다."

　"서원 철폐로 유생들의 반발이 심하기는 합니다만, 썩은 가지는 잘라내야 새 가지가 뻗을 수 있는 법입니다.

주상도 괜한 걱정으로 옥체 상하지 마시오."

"전하, 무슨 근심이라도 계시옵니까? 용안 빛이 어둡사옵니다."

함께 산책을 하던 이 상궁은 재황을 살피면서 조심스럽게 물었다. 그녀는 재황의 낯설고 적적한 궁 생활에 한줄기 위안을 준 여인이었다. 국사는 거의 모두 아버지가 맡아서 하고 있고, 반복되는 궁 생활이 점점 호기심을 잃어가고 있을 때 눈에 들어온 궁녀가 바로 이 상궁이었다. 여인을 보고 가슴이 뛴 것은 그녀가 처음이었다. 나이는 재황보다 아홉 살이나 많았지만 그녀의 미모에 그만 넋이 나갔다. 얼굴만 아름다운 것이 아니라 성격도 활달하고 말솜씨도 좋아 늘 재황을 즐겁게 해주었다. 그렇지 않아도 호기심이 많은 소년이었던 재황에게는 더 없이 좋은 친구이자 누이였다.

"이 상궁, 들었느냐?"

재황은 더 이상 말을 잇지 못했다. 이 상궁은 그런 재황의 얼굴을 살피더니 이내 알았다는 듯이 살포시 웃으며 말했다.

"전하의 가례 소식 말이옵니까? 소녀도 들었사옵니다.

나라의 경사인데 어찌 즐거워하지 않으십니까?"

"너는 속이 그렇게 좋더란 말이냐? 과인은 너를 중전으로 삼고 싶었단 말이다."

"그건 아니 되는 일이옵니다. 법도가 그렇지 않은 줄 전하도 아시잖습니까? 소녀는 기쁘옵니다. 이제 전하께서 진정한 어른이 되는 것이지 않습니까?"

그녀는 끝말을 나직이 하면서 부끄러운지 얼굴이 발개졌다. 왕실의 법도로는 왕이 열여섯이 되어야 성생활을 권장하기에 하는 말이었다. 물론 두 사람은 이미 합을 이루었다. 승은을 입은 것은 그렇다 하더라도 왕실의 권장사항을 따르지 않을 수 없었다.

"걱정마라. 가례를 올리더라도 내 너만 볼 것이다. 과인의 마음이 중요한 것이 아니겠느냐? 왕실의 법도가 중전이 양반가 규수여야 한다면 그러라고 하지. 과인의 마음까지 붙들지는 못할 것이 아니냐?"

"전하. 말씀만 들어도 소녀는 성은이 망극하옵니다만, 이 나라 앞날을 위해서라도 그러시면 아니 되옵니다."

"됐다. 네 마음 알았으니 그만 하자."

때로 여인들의 부정의 말은 긍정이요, 긍정의 말은 부정을 의미한다는 것을 그녀를 통해 이미 습득이 되었다. 이

상궁은 자신을 향한 재황의 마음을 확인해서 기쁜 것이다. 그녀도 여인인데 재황의 가례가 기쁘기만 하겠는가. 그러나 그런 마음을 드러내는 것은 자기 명운을 재촉하는 길이라는 것을 그녀도 모르지 않았다.

"주상은 사람에 대해서 말입니다, 한번 인정을 하면 끝까지 가는 고지식한 면이 있어요. 군주는 신하를 너무 믿어서도 안 되고, 너무 의심해서도 안 됩니다. 군주는 중용과 균형을 지켜야 합니다."

누구보다 재황을 잘 알고 있던 아버지는 간간히 군주로서의 자세를 일러주었다. 그런데 한번 몸에 배인 성격이란 게 그리 쉽게 바뀌는 건 아니었다. 어쩌면 타고난 성품인지도 모른다.

재황은 아버지가 이것저것 다 따져서 간택한 여흥 민씨와 가례를 올렸다. 따지고 보면 그녀는 재황에게 이모뻘 되는 사이였다. 그녀의 아버지 민치록은 인현왕후의 아버지였던 민유중의 5대손으로, 음서로 관직에 올라 지방관과 중앙의 중간관리 벼슬을 했는데, 그녀가 여덟 살 때 세상을 떠났다. 무남독녀였던 그녀는 살던 여주를 떠나 어머니와 서울로 올라왔다. 무남독녀라 대를 이어야 해서 12촌인 민승호가 민치록의 양자로 들어와 집안의 제사를 맡았다. 민승호는 재황의 어머니인 부대부인 민씨의 남동생이자 재황의 외삼촌이었다.

아버지는 그녀의 친정이 단출한 것을 눈여겨 본 것이었다. 왕비를 내세운 안동김씨의 외척 세도정치를 무척 경계하던 아버지로서는 가문도 빠지지 않으면서 몰락한 친정을 둔 그녀가 중전이 되면 정치에 개입할 일이 없다고 여겼기 때문이었다. 어머니의 입김도 있었을 테지만 아버지로서는 최선의 선택을 했다고 여기는 것 같았다.

아버지의 말처럼 재황은 가례를 올린 새 신부, 중전에게 마음이 가지 않았다. 그의 마음에는 온통 이 상궁에게 있었다. 아무리 실질적으로는 먼 친척뻘이라도 군이 사가의 족보로 치면 이모뻘 되는 중전에게 마음이 동하지 않았다. 아마도 그녀와의 첫 만남에서부터 그렇게 된 것 같다.

어머니를 따라 외가에 갔던 날, 처음 보는 여자애가 있었다. 얼굴빛이 어두운 데다 차갑기까지 했다.

"너는 누구냐?"

외가에 누가 사는지 뻔히 알고 있는데, 낯선 여자애가 마치 상전이라도 되는 듯이 도도하게 정원을 거닐고 있었다. 명복의 물음에도 눈만 살짝 치켜뜬 채 당황한 기색이라곤 없었다.

"그러는 너는 누구냐?"

오히려 무례하다는 듯이 되물었다.

"나는 저기 저 분의 둘째 아들이다."

마침 두 사람을 향해 다가오는 어머니를 가리키며 말했다.

"흥, 어디서 어린 게 까부느냐?"

"뭐? 뭐라고? 어머니!"

명복은 기가 차서 말이 나오지 않았다. 보아 하니 나이도 엇비슷한 것 같은데, 하대하듯 막말을 퍼붓는 게 기분 나빴다. 그래서 어머니를 통해 혼쭐을 내주기 위해 불렀다.

"어머, 벌써 이모랑 인사 나누었구나."

"뭐라고요? 소자에게 언제 이런 이모가 있었습니까?"

어머니는 외삼촌이 그 여자아이 아버지의 양자가 되었다고 설명했다. 어머니 때문에 할 수 없이 이모라고 부르긴 했지만 기분 상한 것은 내내 가시지 않았다.

그런데 중전이라니! 내내 그녀를 보고 살아야 하는 상황이 답답하기만 했다. 비록 나이는 재황보다 한 살 위이지만 미모로도 이 상궁에게 뒤지고 차가운 분위기를 풍기는 중전에게 전혀 흥미가 일지 않았다. 더군다나 어린 시절의 기억은 쉽게 잊히지 않았다. 중전의 독수공방은 계속 되었지만 딱히 뭐라고 하는 이도 없었다. 가끔 부대부인인 어머니가 그래도 자신의 친정 동생이라고 중전과의 합방을 권하기도 했지만 영보당 이씨가 된 이 상궁이 선을 낳은 후부터는 더 권하지 않았다.

왕실과 운현궁에는 선의 출생으로 웃음꽃이 끊이지 않았다.

"주상이 뒷방에 있는 이 대비에게 큰 기쁨을 주셨습니다. 어쩌면 이리도 잘 생기셨답니까?"

대왕대비는 재황의 첫 아들인 선에게서 눈을 떼지 못했다. 간만에 궁에서 아기울음소리가 났다며 즐거워했다. 그것은 운현궁의 부모도 마찬가지였다. 재황도 기쁘기는 매한가지였다. 자신이 한 아이의 아버지가 되었다는 사실에 가슴이 뭉클했다. 처음으로 사랑했던 여인에게서 얻은 첫 아들이다. 어떤 운명이 될지 모르나 아이에게 할 수 있는 모든 것을 다 해주고 싶은 마음이었다. 운현궁에서도 재황의 마음을 읽었던지 은근히 세자책봉까지 염두에 두는 듯 했으나 중전의 눈치도 있어 차마 입 밖으로 꺼내지 못했다.

"전하, 소첩이 누구이옵니까?"

"누구라니요? 중전 아니시오?"

"중전은 어떤 자리이옵니까?"

"몰라서 묻는 게요? 이 나라 임금의 정실부인이 아니오?"

"정실부인은 누가 만드는 것이옵니까?"

"지금 뭐하자는 것이오? 과인을 농락하는 것입니까? 중전!"

"전하! 소첩이 전하를 어찌 농락할 수 있단 말이옵니까? 소첩은 이 나라의 정실왕비이나 형식만 그럴 뿐이지 않습니까? 소첩도 여인임을 전하께서도 한번 생각해주시라는 말씀을 드리기 위함이옵니다."

중전은 거기까지 말하면서 두 눈에서는 굵은 눈물을 흘렸다. 여인의 눈물에 약한 것은 왕도 마찬가지였다. 한기마저 느껴질 정도로 차가운 중전의 눈에서도 뜨거운 눈물이 흐른다고 생각하니 마음이 짠하기는 했다. 그런다고 중전이 곧바로 여인으로 느껴지는 것은 아니었지만 측은지심으로 합방을 했다.

"전하, 소첩은 크게 바라는 게 있지 않습니다. 소첩이 여인으로서 전하의 마음을 가지는데 부족하다면 전하의 벗이라도 되고 싶은 마음입니다. 소첩 가진 재주가 미량하오나 전하와 세상사나 나누면서 전하의 학문을 드높이는데 일조하고 싶습니다."

　중전의 말이 딱히 거슬릴 것은 없었다. 신하들과의 경연으로 자신의 호기심을 다 채울 수가 없었다. 특히 청으로부터 들어오는 신문물이나 정세에 대해서 신하들과 마음 편하게 논의할 수도 없었다. 더군다나 아버지가 쇄국의 기치를 드높이고 있는 상황이라 왕이지만 자신의 생각을 국사에 반영할 수도 없었다. 그런 갈급함을 중전이 어떻게 알았는지 재황의 가려운 곳을 적절하게 긁어주었다.

　여인으로서 매력만 빼면 부족할 것이 없는 중전이었다. 중전은 재황이 알고 있는 그 어떤 여인들보다 영민했다. 학문도 어떤 면에서는 그보다 높았다. 재황이 한곳을 집중해서 보는 반면 중전은 넓게 보고 이해도 빨랐다. 어떤 때는 그가 막히는 부분을 이해시켜주기도 했다. 그의 마음을 어쩌나 잘 읽던지 기분 상하지 않게 자신을 낮추면서 이해를 도왔다. 일단 통하고 나니 거침이 없었다.

　중궁전에 머무는 날도 조금씩 잦아지다 보니 중전이 수태를 했다. 중전의 얼굴이 그 어느 때보다 밝았다. 영보당이 선을 낳고 왕실 어른들의 귀염을 받는 것이 중전에게 적이 마음고생이 되었다는 것을 이해할 수 있을 만큼 중전과의 거리가 좁혀졌다.

중전이 소리를 죽이며 울었다. 눈빛은 분노로 가득 찼지만 소리를 죽이며 울고 있었다. 그토록 바라던 원자를 출산했지만 태어난 지 5일 만에 원자를 잃고 말았다. 원자는 항문이 없는 기형으로 변통을 못한 탓에 생명을 이어갈 수 없었다. 중전은 온몸을 부르르 떨며 가슴을 치고 있었다. 자식을 잃은 슬픔이 어디 중전만의 것이겠는가.

  첫 아이를 낳았을 때의 기쁨, 그리고 처음으로 아이를 잃었을 때의 슬픔을 이어가면서 재황은 아버지가 된다는 것이 무엇인지 조금은 알 것 같았다. 얻을 때도 잃을 때도 책임이 뒤따르는 것이었다.

  "황후마마께서는 상실감이 크셨겠습니다."

  "그렇습니다. 애지중지하며 낳은 첫 아들이었으니까요. 그런데 자식을 잃은 슬픔은 같은 줄 알았는데, 짐과 황후는 좀 달랐던 것 같습니다."

  "어떻게 달랐습니까?"

  "그것이 아버지와 어머니의 차이인지는 모르겠으나, 짐은 첫 원자를 잃은 것은 어쩔 수 없는 일이었다고 생각했지요. 안타깝지만 아이가 그렇게 타고났으니까요."

  "서양의 황실에서도 그런 일을 종종 있었으니까요."

헐버트는 예전에 근친결혼이 주를 이루던 서양의 황실에서도 요절하는 경우가 있다는 말을 했었다. 호기심이 많은 재황에게 유전에 관한 설명을 하면서 나온 말이었다.

"그럴 지도 모르죠. 유독 황후에게서 낳은 아이들이 오래 살지 못했으니 말입니다. 황태자가 건강하게 자란 것만으로도 얼마나 다행한 일인지 모릅니다."

재황은 그렇게 말하면서 황태자 척을 떠올렸다. 그리고 자신도 모르게 한숨이 흘러나왔다. 아무래도 태자에게 아직 자식이 없다는 게 마음에 걸려서 그랬던 것 같다. 그리고 독특한 태자의 성격 때문이기도 했다.

"아, 어디까지 이야기를 했던 가요?"

"폐하와 황후마마의 입장이 달랐다는 기조였던 것 같습니다."

"황후의 얼굴에는 원자가 아버지 때문에 죽었다고 생각하는 듯이 보였지요. 흘러가는 말에도 그 비슷한 표현을 쓰기도 했지요."

"네? 여쭙기 송구하오나 아버지라면 대원위대감을 말씀하시는 겁니까?"

"그래요. 아버지가 원자를 위해 약을 지어 보냈지요. 황후는 그 약을 의심했고, 짐은 그 의심을 풀기 위해 은밀히 조사를 해보았는데, 황후의 지나친 생각이었어요. 하지만 황후가 그런 마음을 가질 수는 있겠다고 이해는 했습니다. 어쩌면 황후는 친정아버지를 일찍 잃었기 때문인지 시아버지를 의지하고 싶은 마음도 있었던 것 같습니다. 그런데 아버지는 외척이라면 강하게 배척하는 분인지라, 서로 마음이 달랐던 것이지요. 게다가 영보당이 완화군을 낳고 보니 황후는 마음이 더 급했던 것이고, 마음에서 시아버지가 원자를 보고 싶지 않아서 약을 보낸 것이라고 믿고 싶었던 것입니다."

재황은 다른 사람에게 이야기를 할 때면 정리가 잘 되는 일을 이제껏 왜 그러지 못했는지 새삼 후회가 되었다.

"그럼 그 때부터 황후마마와 대원위대감의 사이가 좋지 않게 된 것이옵니까?"

"아마 그랬지 싶습니다."

중전의 깊은 상실감을 어떻게 치유해줄지 고민했다. 중전의 성격으로 보면 곧이어 툴툴 털고 일어나겠지만, 슬픔을 함께 한다는 동질의식을 갖게 해주고 싶었다. 또한 중전의 마음속에 있는 아버지에 대한 원망이 풀리기를 바랐다. 어쨌든 사가로 치면 중전은 조강지처가 아닌가. 아무리 여인으로서 끌리는 마음이 없더라도 조강지처에 대한 예우가 있는 것이고 신의가 있어야 한다는 마음이 재황 안에 서서히 자리하고 있었다.

"중전, 우리 아직 젊으니 아이는 또 가질 수 있지 않겠소? 그러니 너무 상심하지 마시오. 그리고 중전이 이렇듯 슬픔이 깊으면 과인의 말벗은 누가 되어 주리오. 청에 사신행차를 다녀온 이에 말을 들으니 청이나 왜나 서양의 문물이 들어와 사회가 격동하고 있다한데, 우리 조선도 대처를 준비해야 하지 않겠소? 누가 과인 옆에 있어 말문을 틔워 주리오?"

호기심이라면 중전도 만만치 않았다. 아니나 다를까 어느새 중전의 눈이 빛나고 있었다.

"전하, 진정으로 소첩을 벗으로 여겨주시는 것이옵니까?"

"벗은 이미 되지 않았소? 지금껏 그랬듯 중전이 아니면 과인이 누구와 학문과 세상사를 이야기할 수 있겠소?"

중전은 언제 그랬냐는 듯이 활기를 띠어갔다. 청에 다녀왔다는 신하를 불러 그곳 상황이나 가지고 온 서책들을 보면서 재황과 주변국의 상황에 대해 열띤 논의를 펼쳤다. 그리고 다가올 친정에 대한 꿈을 키우며 조금씩 준비를 했다. 실질적인 복안은 중전의 머리에서 나왔고, 재황은 차근차근 실행에 옮기고 있었다. 다만 아버지와의 관계를 어떻게 할지에 대해서는 중전과 생각이 달랐다.

"전하, 이렇게 가다가는 조선의 앞날이 어디로 갈지 모릅니다. 운현궁의 아버님이 벌인 경복궁 중건으로 양반들은 물론 백성들까지 원성을 사고 있사옵고, 두세 차례의 양요로 조선은 주변 나라들로부터 고립될 처지에 놓였습니다. 전하 춘추 스무 해가 넘었는데, 언제까지 섭정에 맡겨두려 하시옵니까? 이제 전하의 원대한 꿈을 펼치셔야 합니다. 결단을 내리셔야 합니다."

요 근래 바쁜 행차를 보이던 중전은 날이면 날마다 재황을 부추겼다. 곧 중전의 말은 아버지를 배제하자는 의미였다. 그라고 해서 친정을 하고 싶은 마음이 없었던 것은 아니었다. 하지만 아버지의 섭정은 그에게 많은 도움을 주었으면 주었지, 부정적이라고만 할 수 없었다. 아버지가 전면에 등장하면서 오래 묵은 세도정치를 청산해주었고, 왕권을 튼튼히 하려는 정책들을 실행했다는 것 또한 모르지 않다. 비록 결과가 좋지 않았지만 경복궁 중건에 담긴 의미는 왕권강화의 목적에서 출발했다. 많은 부분에서 아버지의 행보가 그의 의지이기도 했다.

그러나 중전의 말대로 지나친 쇄국정책은 재황의 생각
과는 차이가 있었다.

"주상, 무조건 막으려는 것이 아닙니다. 아직 우리 조선
은 준비가 되지 않았습니다. 우리가 힘을 가지고 있어야
나중에 저들을 받아들여도 주도권을 우리가 쥐게 되는 것
입니다. 준비를 하는 동안 일단 막을 수밖에 없어요. 그
러니 힘을 갖는 동안은 어쩔 수 없습니다."

아버지는 몇 년째 준비론 만을 고집하고 있었다.

"반대로 생각할 수 있지 않습니까? 일단 문을 열고, 그
들의 좋은 기술을 받아들여 우리 것으로 만들어야 합니
다. 청도 그렇고, 왜도 그렇지 않습니까?"

"주상, 지금의 쇄국은 백성들을 하나로 뭉치게 하는 계
기가 되고 있습니다. 어디 백성뿐입니까? 유림들까지도
안으로 단결하고 있지 않습니까? 그런데 준비도 되지 않
은 상태에서 문을 열면 그 혼란은 어찌 잠재우려 하십니
까? 또한 저들은 단순한 통상을 요구하는 것이 아니에
요."

아버지의 말에 완전히 동의할 수는 없었으나 딱히 반론
을 제기할 수가 없었다.

"전하, 언제까지 끌려 다니렵니까? 왜 전하가 가진 정

당한 권리를 스스로 행사하지 못하십니까?"

"아버지께서 곧 손을 놓으시겠지요. 그러겠다고 하셨으니 기다려봐야지요."

"그 약속이 벌써 10년 전의 일이잖습니까? 운현궁 아버님은 더 이상 내려가고 싶지 않으신 겁니다. 그러니 달리 말씀이 없으신 것이 아니옵니까?"

중전은 점점 더 아버지에 대해 냉랭해지고 있었다.

"그래도 과인이 어찌 불효를 저지를 수 있단 말입니까?"

"전하는 이 나라의 지존이십니다. 그리고 따지고 보면 전하는 대왕대비마마의 양자가 아니십니까? 운현궁 아버님도 권리를 주장하실 수 없습니다. 수렴청정이든 섭정이든 전하가 어리다는 것을 전제로 하지 않습니까? 이제 전하는 어엿한 성인이십니다. 사가와 비교하더라도 이미 일가를 이루고 가장이 되었지 않습니까? 전하께서 직접 나서기가 힘드시다면 다른 이들이 나서면 되옵니다."

아버지는 글씨체를 보면 그 사람을 안다고 했는데, 재황은 사람의 말투로도 그 사람을 알 수 있다고 생각했다. 아버지와 중전의 말투는 닮은 듯 달랐다. 강한 측면에서는 닮았지만 아버지는 마치 회초리를 때리듯 했고, 중전은 선언적이었다. 아버지가 말을 하면 가슴을 치는 듯 아플 때가 많았지만, 중전이 말을 하면 그대로 이루어질 것 같았다. 지금도 중전의 말은 안 될 것이 없다는 듯이 보였다.

"누가 그런단 말이오?"

"전하께서 친정의 의지만 가지신다면 소첩이 알아서 움직이겠습니다."

중전의 말은 이미 준비가 되어 있다는 의미로 들렸다. 그렇게까지 한다면야 그로선 마음은 불편하긴 하지만 나쁠 것은 없었다. 아버지가 말한 10년은 이미 채우지 않았는가. 그래도 차마 입이 떨어지지 않았다. 그가 아무 말이 없자 그를 누구보다 잘 아는 중전은 얇게 미소를 지으며 말했다.

"그럼 전하께서 윤허하신 줄 알고 시작하겠습니다."

침묵이 용인한다는 답으로 전해지고 말았다.

대전에서 강녕전으로 돌아와 잘한 일인지 고민했다. 이제 시위는 당겨졌다. 나로서도 어쩔 수 없는 일이라고 생각하는데, 문득 노란 봉투가 눈앞에 보였다. 누가 이곳에 왔단 말인가. 상궁이나 내관을 부를까 하다가 그 낯익은 봉투 때문에 부르기를 그만 두고 봉투를 열었다.

≡

≡≡

주역 64괘 중 13번째, 괘 명은 동인(同人)괘였다. 아래
가 이(離, ≡≡)괘로서 불(火)이요, 위가 건(乾, ≡)으로서
하늘이다. 첫 번째 봉투에 들어있는 괘를 해석하기 위해
주역을 파고들어서 웬만한 괘는 외울 수 있었다. 그렇다
고 심오한 뜻을 다 이해할 수 있는 단계는 아니었다. 오
죽하면 공자도 어려워했겠는가.

동인괘는 천화동인(天火同人)괘라고 부르며 아래 이괘
가 불의 상징으로, 위의 하늘을 우러러 통한다. 위 괘와
아래 괘가 좋은 짝을 이루어 이념이 통하므로 서로 큰 능
력을 발휘할 수 있다. 또한 서로 다른 견해가 있거나 차이
점이 있어도 그 가운데서 서로 공통점을 찾고 공동의 노
력을 신뢰 속에 기울여야 한다. 더불어 화합하면서 살아
가는 대동 사회를 만드는 방도를 제시하는 괘이기도 하
다. 다만 군주가 사리사욕과 사사로운 인간관계에서 벗
어나야 한다.

결국 아버지는 이제 함께 할 때가 되었음을 알려온 것
이다. 기다림의 세월이 지났으니 부자가 힘을 합쳐 새로
운 조선을 만들어보자는 의미라는 걸 알 수 있었다. 재황

은 동인괘를 보면서 잠시 기쁨이 앞섰지만 이내 당혹스러 워졌다.

'이를 어쩐단 말인가? 중전을 말려야 하나?'

아버지와 함께 조선을 강하게 세우는 것은 재황도 오래 전부터 구상해온 일이었다. 아버지는 재황이 성인이 되어 좀 더 수월하게 친정을 할 수 있도록 밑거름을 만들겠다 고 했고, 이제 그 약속을 지키겠다고 한다. 다만 중전이 구상하는 친정과는 다르다. 아버지와 함께 한다는 점이 다. 다른 것은 몰라도 서양에 대한 문호를 개방할 것이냐 말 것이냐는 아버지와 생각이 확연히 다른 상태에서 동인 괘로 하나가 될지 의문이 남았다. 함께 한다고 해도 주가 있고, 부가 있는 법이다. 주가 되어야 할 재황은 부가 되 어야 하는 아버지에 비해 학문이나 경험에 있어서뿐만 아 니라 국사를 이끌어가는 운영의 묘도 우위를 점하지 못하 고 있다. 결국 재황이 전면에 나선다고 하지만 여전히 아 버지에 끌려 다닐 수밖에 없을 것이다.

그러나 중전의 복안도 위태롭기는 하다. 중전은 아버지 를 배제한 상태에서의 친정을 원하고 있었다. 자신에게 맡 겨달라고 하지만 중전은 은밀히 세력들을 모으고 있는 것 같다. 일부러 묻지 않은 것은 혹여 그들이 재황에게도 힘이 되어줄 지도 모른다는 기대감이 있었기 때문이다. 언제까지 아버지를 믿고 기다릴 수 없었기 때문이었다. 그런데 아버지가 이렇게 준비를 하고 있을 줄 몰랐다. 아니 아버지를 믿지 못했다. 그보다 아버지의 도움 없이도 혼자 잘 하고 싶은 마음이 앞섰다. 아버지가 너무 잘 하고 있다는 불안감에 계속 허수아비 군주로 남을까 봐 불안했다. 혈연지간의 아버지와 정치적 관계로서의 아버지 사이에서 갈피를 잡지 못하는 재황이었다.

그렇다고 중전의 복안대로 하자면 아버지와의 관계는 어떻게 될까? 아버지와는 적이 되는 걸까? 아버지는 약속을 지킨 거라고 할 텐데. 그렇다고 부자지간에 문서로 남긴 것은 아니니 아버지가 따질 일은 아니지 않는가? 엄연히 조선의 군주는 내가 아닌가?

이리저리 생각해봐도 명확하게 답이 나오는 것은 아니었다. 어쨌든 모두가 좋은 방법이란 없었다. 어느 쪽이든 선택을 해야 하고 선택한 곳에 확실히 힘을 실어주어야 한다. 그것이 곧 그의 힘이기도 하다.

"전하, 침수에 드셔야하옵니다."

잠자리에 누워서도 머리가 복잡했다. 잠이 드는 것 같기도 하고, 깨인 것도 같은 상태가 서로 주거니 받거니 하

고 있었다. 그러다 잠에 빠진 듯했는데, 재황은 운현궁에
와 있었다. 아버지가 머무는 노안당이었다. 재황의 손에
는 회초리가 들려 있었고, 연신 아버지의 종아리를 때리고
있었다. 과거의 모습이었다. 다른 것이 있다면 그는 소리
내어 웃고 있었다. 반면 아버지는 울고 있었다. 아버지의
눈물에도 아랑곳하지 않고 회초리를 멈추지 않은 채 웃고
있었다.

기분 나쁜 꿈이었다. 잊힌 줄 알았던 기억이 꿈속에서
살아나 그의 마음을 심란하게 만들었다.

"하필 이런 때에 그런 꿈을 꾸었을까?"

아버지를 생각하다 마음이 무거워져서 그런 꿈을 꾼 것
같다. 사실 아버지가 만들어 준 군주의 자리였다. 아버지
가 끈질기게 살아남지 못했다면, 신정왕후와 사전 밀약
을 하지 않았다면 순수하게 올라올 수 있는 자리가 아니
었다. 선왕의 승하로 대안으로서 아버지까지 거론된 것도
들어서 알고 있었다. 그런데도 아버지는 그를 군주의 자
리로 밀어붙인 것이다. 그런 아버지를 과연 배신할 수 있
을까 생각하다 보니 기억하고 싶지 않는 그날로 돌아가
게 되었는데, 이상한 상황까지 연출되고 보니 찜찜한 기분
이 머릿속을 지배하고 있었다.

"전하, 용안이 좋지 않사옵니다."

재황이 기침한 것을 알고 기다렸다는 듯이 침소를 찾아왔다.

"아니오. 잠을 좀 설친 게요. 그런데 아침 일찍 무슨 일이오?"

재황이 잠을 설쳤다고 하니 중전은 잠시 머뭇거렸다.

"괜찮다니 그러오. 말씀하십시오."

"전하께옵서 확실한 답을 주시지 않아 다시 여쭈려고 하옵니다. 어심을 정하셨습니까?"

"솔직히 과인은 아직 모르겠소."

중전은 그럴 줄 알았다는 듯이 더 이상 보채지는 않았다. 다만 옛 이야기라며 들려주었다.

"송나라 자한이란 자가 어느 날 군주에게 말했답니다. 포상을 받는 것은 백성들이 좋아하는 일이니 왕께서 직접 하시고, 형벌을 받는 것은 백성들이 싫어하는 일이므로 신이 담당하겠다고 말입니다. 듣기에 좋은 일 같으니 왕은 흔쾌히 허락했지요. 그 후 왕은 위엄 있는 명령을 내리거나 대신들을 처형하는 일이 생길 때 자한에게 물어보라고 했습니다. 그런데 말입니다. 대신들이 왕보다 자한을 두려워하게 되었고, 백성들은 자한을 따르게 되었어요.

한 해가 지나자 어떻게 되었는지 아십니까?"

마지막은 재황에게 질문을 했다.

"어떻게 되었소?"

"자한은 왕을 살해하고 정권을 빼앗았지요."

중전은 말을 마치고 아무 말 없이 재황을 바라보았다. 그는 한 손으로 머리를 짚고 곰곰이 그 말의 의미를 곱씹어 보았다. 중전은 직접 말하지 않았지만 자한을 아버지로 설명한 것이다. 그렇다고 재황 역시 아버지가 자한이라고 여기지는 않았다. 다만 중전이 그에게 명분을 만들어 준 것이다. 제대로 된 군주의 노릇을 하라는 명분을 쥐어준 것이다.

"좋소. 과인은 중전의 뜻을 따르겠소. 아니 과인의 의지입니다."

이제 아버지와의 싸움이 시작되었음을 알리는 말이었다. 그는 아버지가 자한이라 여겼다. 아니 자한이어야 했다. 그래야 명분이 서기 때문이었다. 이제 자한에게 준 권한을 모두 거둬들여야 할 때가 온 것이다. 그리고 동인괘의 아래 이괘의 주인은 아버지가 아니라 중전이었다.

"아버지와 아들 사이에는 아내이며 어머니인 여인이 존

재하지요. 어쩌면 그 여인을 두고 벌이는 아버지와 아들의 경쟁이 부자지간의 불화를 만드는 게 아닐까 싶습니다. 오이디푸스가 그랬던 것처럼 말이옵니다."

헐버트는 필요 이상의 말을 하지 않으려 했다. 상대가 다른 나라의 황제이기도 하니 더 그랬겠지만, 그를 직접적으로 자극하려 하지 않으려 했다. 그래서 자신이 알고 있는 이야기만을 했고, 상대를 평하려 하지 않았다.

"짐과 짐의 아버지는 며느리이자 부인인 여인을 두고 지금껏 불화를 겪고 있는 거겠지요? 그 여인이 사라졌는데도 여전히 이렇게 바라본 채 있습니다."

헐버트는 재황의 의중을 알듯 말듯 했다.

"폐하, 계속 바라보고만 계실 것입니까?"

"글쎄요. 두고 보기에는 시간이 없다는 군요."

나는 용이 아니다

부귀가 하늘에 닿아도 언제나 죽음이 있고
가난이 뼈에 사무쳐도 오히려 살 길이 있네.
억 천 년이 지나가도 산은 한결같이 푸르고
달은 보름밤이 오면 다시 둥그러지게 되네.

    가난했던 시절 희망을 품으며 지었던 '빈한시(貧寒詩)'
인데, 다시 읊조리고 있다. 지우들과 술을 걸치며 가야금
산조에 맞춰 읊조리던 그 시를 이제 그 혼자서 읊조리고
있다. 함께 술 마실 벗도 없고, 가야금을 뜯어줄 이도 없
을 뿐만 아니라 들어주는 이도 없다. 다만 정월 대보름달

만이 서늘하게 웃으며 내려다보고 있다.

'저 달이 내 생에 보는 마지막 보름달이겠구나.'

지금껏 보았던 보름달과는 사뭇 다르게 느껴지는 것은 자신이 갈 날이 머지않았기 때문이라 생각했다. 저 달처럼 다 채우고 가야 할 텐데, 달에 구멍이라도 난 듯 휑한 마음으로 이 세상을 하직하는 것은 아닌지 싶었다.

"대감마님, 수돌이옵니다."

"그래. 들어오너라."

수돌은 노안당 서행각에 머무르고 있었다. 예전에는 천하장안들이 머물던 곳이었다. 하응의 시중을 들기 위해 가까운 곳에 머물게 했다.

"바람이 차옵니다. 고뿔이라도 드시면 큰일이옵니다. 엊그제도 큰일날 뻔하지 않으셨습니까?"

지난날을 복기 한답시고 잠을 이루지 못한 채 사색에 잠겼다가 그만 정신을 잃고 말았다. 재황과의 만남에 대한 기대가 컸던 탓이었다.

"그래. 문을 닫아라. 달이 보고 싶었다. 내 또 언제 정월 보름달을 보겠느냐?"

"어서 쾌차하시어서 이월, 삼월 보름달도 다 보시면 되옵니다. 또 봄밤 보름달의 아름다움은 어떻고요? 오늘은 이만 구경하신 줄 알겠습니다."

수돌은 그가 조금이라도 더 보도록 말을 이어가다 문을 닫았다. 그런 세심한 배려가 하웅의 마음을 따뜻하게 해주었다.

"벌써 그립구나. 저 달이 말이다. 비워져 보니 채워진 것이 그립듯이 못 볼 줄 아니까 그새 그립구나."

"또 보실 수 있습니다. 곧 보실 수 있을 겁니다."

두 사람은 달을 두고 이야기하고 있었지만, 달이 조금 전 본 그 달이 아니라는 걸 둘 다 알고 있었다.

"잠이 오지 않으니 복기를 해야겠다."

"또 무리하시면 아니 되옵니다. 바둑판을 준비하겠습니다."

수돌은 하웅이 바둑을 놓지 않을 것을 알면서도 굳이 바둑판을 그 앞에 대령했다. 그 역시 수돌의 마음을 읽었다. 그런 줄 알면서도 무심코 한쪽에 흑돌 하나를 올려놓았다.

"십년은 너무 짧았어. 혹자들은 권불십년이니 화무십일홍이니 말들 하지만 십년으로 다 이룰 수 없었지. 중요한 것은 숫자가 아니었어. 밑 빠진 독까지는 아니었더라도 틈이 생긴 독에 물을 붓는 꼴이었어. 아니지, 그보다 기울어가는 담벼락을 받쳐줄 지지대가 부족했다고 해야 하나?"

그리고 또 무심코 돌 하나를 더 올렸다.

"네가 두지 않으니 내가 법을 어겼구나. 내가 바둑에는 소질이 없었지."

"그렇지 않사옵니다. 두지 않은 소인의 잘못이옵니다."

"아니다. 원래 둘 생각이 없었잖느냐? 권력이란 게 그렇단다. 한번 해본 자가 또 하려는 것이다. 그렇다고 연달아 흑돌을 놓는 게 아닌데 말이다."

"대감마님은 원체 재주가 많으신 분이지 않습니까? 학문도 높으시고, 난도 잘 치시고, 글씨도 잘 쓰시고, 가야금도 잘 타시지 않습니까? 게다가 또⋯⋯."

수돌은 그가 권력을 가질 수밖에 없음을 말하려고 했다.

"그래, 왕의 아버지이기도 하지. 하지만 그런 것이 다 문제였어. 재주가 많은 사람은 지존이 되어서는 안된다. 또한 뛰어난 재주는 인생을 괴롭게 만들기도 하지. 내 스승이었던 추사 선생님도 어린 시절 썼던 입춘첩을 보고 당시 재상이던 채제공께서 '이 아이는 글씨로서 대성하겠으나 그 길로 가면 인생행로가 몹시 험할 것이니 다른 길을 선택하게 하시오.'라고 했다는 구나. 그럼에도 추사 선생은 그 길로 갔지. 말대로 명성은 떨쳤지만 인생은 힘들었지. 재주가 뛰어난 사람은 권력과 닿으면 그 만큼 힘든 거지. 그러나 군주에게는 딱히 많은 재주가 필요 없다. 사람을 잘 쓰는 용인술만 있으면 된다. 백성을 사랑하는 마음은 재주가 아니라 인품이다. 그것이 군주의 조건이지. 그런 점에서 주상은 합격이었어. 물론 대를 이어서 자연스럽게 양위가 되었으면 상관없겠지만, 나에게는 선택이었어. 나는 여러 가지 면에서 지금의 주상을 택한 거고, 후회하지 않는다."

하응은 마치 재황을 만나지 못할 것을 대비하려는 듯이 수돌에게 자신의 마음을 전달하려고 했다.

"대감마님, 여쭙기는 황송하오나 폐하께서 친정을 선포하실 때 어떤 마음이셨습니까?"

하응은 달을 보고 싶은지, 질문을 피하고 싶은지 닫힌 문을 쳐다보았다. 이내 그쪽을 봐야 별 수 없다는 듯이 바둑판으로 눈빛을 고정시켰다.

"처음 말이다, 배신감이 들지 않았다면, 그것은 진심이 아니지. 내가 주상의 입장을 이해하지 못한 탓이었어. 중요한 건 누가 국사를 맡을지 말지보다는 앞으로 어떻게 끌고 갈 것인지, 그것이었으니까. 주상도 자신만의 조선을 만들고 싶을 거란 생각을 하지 않았던 거지. 그리고 내가 가장 어리석은 짓을 한 결과였다는 걸 나중에 알았지. 내가 왜 여흥 민씨의 여식을 간택을 하였는지, 가슴을 칠 일이지. 어리석었어. 내가 어리석었어."

그는 자신의 어리석음을 탓하며 세 번째 돌을 놓았다.

'신은 생각건대, 인군의 급선무는 덕업에 있고 공사를 일으키는 데 달려 있지 않다고 여깁니다. 이러므로 떳집과 흙섬돌은 요 임금이 위대하게 된 까닭이며, 궁실을 낮게 하고 음식을 박하게 하면서 백성의 일에 부지런히 하였음은 우 임금에게 비난할 것이 없게 된 까닭이며, 경궁요대와 아방궁·만리장성은 걸주와 진시황이 어지러워 패망하게 된 까닭입니다. 한나라 이후로 모든 나라를 보존한 임금은 요역을 정지하여 민심을 얻는 것을 근본으로 삼지 않고서 태평을 누린 임금이 있습니까. 나라를 망친 임금은 토목을 한없이 하여 백성의 힘을 고갈시킴으로 말미암지 않고서 패망을 가져온 임금이 있습니까. 그 뚜렷한 사적이 서책에 갖추 실려 있습니다. 만약 고금의 사변을 도무지 믿을 것이 못 된다고 한다면 그만이지만, 성왕의 정치를 본받고자 하신다면 그 까닭을 깊이 생각해 보지 않

을 수 있겠습니까.'

　사헌부장령인 최익현의 상소였다. 졸지에 하응은 진시
황에 비교가 되었다. 서원 철폐 때도 분서갱유를 행했던
진시황 운운하던 이들이 있었다. 토목으로 백성의 힘을
고갈시킨 것은 문제라며 상소를 올리면서도 삼정이 문란
해져 백성들이 고통스러워 할 때는 왜 아무런 말을 하지
않았더란 말인가.

　최익현이란 자가 경복궁 중건과 관련하여 하응의 정책
에 비판을 가하는 시폐(時弊) 4조를 지어 올렸다. 이른바
무진소(戊辰疏)라고 불렸는데 첫째, 토목공사를 중지하
고, 둘째, 취렴정치를 금하며, 셋째, 당백전을 혁파하고,
넷째, 사문세(四門稅)를 폐지하라는 내용의 상소였다. 최
익현이라면 화서 이항로의 문하였다.

　"과연 그 스승에 그 제자로군."

　이항로는 병인양요 때만 해도 위정척사(衛正斥邪)를 내
세우던 이로, 하응이 자신의 뜻과 같이 한다고 여기던 인
물이었다. 하지만 경복궁 중건을 중지하고 취렴의 시정을
촉구하는 등 하응의 정책에 처음으로 반대하고 나선 이였
다. 노론과는 다른 뿌리를 가졌지만, 하응과도 같은 뿌

리는 아니었다. 그래도 안동 김씨가 주를 이루는 노론보다는 그 기개가 봐줄 만하다고 여겼다.

하지만 장구한 계획을 앞둔 하응으로서는 초반부터 그가 걸림돌이 되게 할 수는 없었다. 하응이 그의 비판을 전혀 받아들여줄 기색이 없자 벼슬도 박차고 나갔다. 〈한비자〉에 '정치를 하는 것은 머리를 감는 것과 같아서 머리카락을 버리게 되더라도 반드시 머리를 감아야 한다.'고 했다. 머리카락이 빠지는 작은 손실이 있다고 해서 머리를 감아야 하는 큰 이익을 포기할 수는 없었다.

그런데 이제 그의 제자 최익현이 스승의 뒤를 이었다.

"주상은 최익현 그자의 기개가 마음에 드는 모양입니다."

상소문을 보고도 화를 내지 않고 웃음기가 만면에 가득 차 있는 재황을 보고 하는 말이었다.

"그의 논지가 마음에 드는 것은 아니옵니다. 아버지 말씀대로 기개는 마음에 듭니다. 조정대신들은 대원위분부(大院位分付)라면 뒤에서는 불만을 가질지언정 앞에 나서지는 못하지 않사옵니까?"

"주상의 귀가 밝아졌습니다. 허허. 그렇다면 주상은 최익현의 스승인 이항로는 어찌 보십니까?"

"저 역시 그 스승에 그 제자라고 봅니다. 하지만 위정척사를 지나치게 주장하는 것은 흐름을 읽지 못한 것이라고 여기옵니다."

"오호! 그렇다면 주상은 쇄국을 펼치는 이 아비의 처사도 못마땅하신 게로군요."

"아버지도 끝까지 쇄국을 밀어붙일 생각은 아니지 않사옵니까? 그러니 '학우조비선(鶴羽造飛船)'이며 신무기를 만들라 하지 않으셨습니까?"

재황은 어떤 식으로든 개화와 연결 지으려 했다. 개화에 생각이 있는지의 여부에 따라 옳고 그름을 판단하는 듯이 느껴질 정도였다.

"주상, 그러나 아직은 쇄국을 표방할 수밖에 없습니다. 그나마 쇄국으로 온 나라가 결집하고 있지 않습니까? 차차 힘을 키워야 양이(洋夷)들에게 당하지 않습니다. 그들이 우리 조선을 업신여기지 않았다면 감히 내 아버지의 분묘를 도굴하는 엄청난 짓을 저지르지 않았겠지요. 주상, 먼저 힘을 가져야 합니다."

하응은 재황과의 독대를 마치고 나오면서 한편으로는 걱정도 되고, 한편으로는 흐뭇하기도 했다. 재황이 군주로서 판을 읽을 줄 알아가며 군주의 면모를 갖추어가는 것은 흐뭇한 일이지만, 통상에 대해서는 너무 안일하게 여기는 것 같아 걱정스러웠다. 그저 기우이기를 바랐다.

언제부터인가 재황이 자신의 생각을 자주 피력했다. 처음엔 장성하기 시작하면서 학문도 생각도 깊어져서 그렇다고 여겼다. 하지만 간혹 말의 어폐가 잘 맞지 않을 때도 있었다. 마치 남의 생각을 옮기려다가 길을 잃은 듯했다. 마치 그의 아내가 아녀자의 도리를 말하다가 천주를 말할 때와 같았다. 그의 아내는 천주학에 우호적이었다. 그도 그들을 통해 조선의 이익이 되려고 했지만 그저 포교에만 매달린 터라 결국 비극으로 치닫게 되었다. 재황이 그러는 것은 경연을 담당한 대신들의 주장을 따온 것이라고 여겼다.

최익현은 사간원의 탄핵을 받아 관직을 삭탈 당했다. 재황의 느낌대로 최익현이나 이항로는 오히려 문제가 되지 않았다. 바닥에 바짝 엎드려 기회를 엿보고 있는 이들이 무서운 존재들이었다. '부자는 망해도 삼 년 먹을 것이 있다'고 했는데, 60년을 버텨온 안동 김씨 일가는 쉬이 무너지지 않는다는 걸 알고 있었다. 지금은 권력에서 물러나 있지만 아직 꼿꼿하게 버티고 있는 그들이었다.

'우송(尤宋)파'

하응이 그들의 존재를 알게 된 것은 불과 얼마 되지 않았다. 그들이 그대로 사라지지 않을 것이란 예상은 했다. 그런데 그들이 노리는 것이 바로 자신이라는 것에 대해서는 흠칫했다. 하지만 그들이 어떤 방식으로 움직이고 있는지 아직 파악하지 못한 것은 큰 문제가 아닐 수 없었다.

"대감마님, 우송파의 수장은 정확히 누구인지 모르지만 안동 김씨가 주축이 된 건 맞습니다. 노론의 시조라 할 수 있는 우암 송시열을 가리키는 이름이지요. 아마도 만동묘 철폐를 두고 수면 위로 올라온 것 같습니다. 좀 더 일찍 그들 정보를 파악하지 못해 송구스럽습니다."

천하장안 중 한 명인 하정일이 가져온 정보였다. 그들은 여전히 하응에게 좋은 벗이었다. 그가 권좌에 있을 때나 없을 때나 개의치 않았다.

"그들이 누구와 접촉하는지 살펴보게나. 혹시 궁하고도 접촉이 있는지 잘 보도록."

하응은 그들이 만에 하나 재황과 접촉하는 것은 아닌지 걱정이 되었다. 그런데 천하장안이 정보를 수집하기도 전에 일이 벌어졌다.

'삼가 아뢰옵건대 전하께서는 친친의 서열에 있는 사람을 지위를 높이고 녹을 많이 주되 국정에는 간여하지 말도록 하소서.'

이번에도 최익현이었다. 그가 다시 상소를 들고 등장한 것이었다. 하응이 재황을 대신해 섭정을 한 지 10년째되던 해다. 이번에도 재황이 그의 기개만을 탄복해주기를 바랐지만 그것은 어리석은 믿음이었다는 것을 깨닫는 데는 그리 오래 걸리지 않았다. 모든 일이 손발이라도 맞춘듯 척척 진행되고 있었다.

'누가 이런 일을 계획했단 말인가?'

이제껏 재황은 결정을 내려야 할 일이 있으면 그와 상의를 했는데, 이번만큼은 한마디 언지도 없었다. 서둘러 입궐준비를 하고 궁에 갔더니 그의 전용 출입문이었던 연추문까지 닫아버렸다. 어명이란다.

"어찌 갑자기 이런 일이 있단 말이옵니까? 대비마마는 아시고 계셨습니까?"

"내 뒷방으로 물러난 지 이미 오래요. 언제 이 늙은이가 해볼 수 있는 게 있었나요?"

조 대비의 도움이라도 받으려 했으나 자신은 아무런 힘

이 없다며 손사래를 쳤다. 분명 조 대비에게도 손을 쓴 것임을 알게 되었다. 그렇다면 안동 김씨, 풍양 조씨들까지 합세를 했다는 의미이기도 했다. 또 누가 더 있을까. 그저 손 놓고 되어가는 모양새를 지켜보는 수밖에 다른 도리가 없었다. 너무 어이없는 상황이라 이렇다 저렇다 말을 할 수도 없었다. 갑자기 뒤통수를 맞은 기분이었다.

"대감마님, 어찌 이런 일이……."

운현궁으로 돌아오니 수돌이 그를 기다리고 있었다.

"그래. 수돌이 왔구나. 할 일은 다 마쳤느냐?"

"네. 대감마님의 지원 덕분에 소인 수련을 다 마쳤습니다."

수돌이를 찬찬히 쳐다보니 이젠 소년의 모습은 사라지고 기골이 장대하고 늠름한 사내가 우직한 모습으로 자리하고 있었다. 상황이 이렇게만 되지 않았더라도 반가움으로 술이나 한잔 하면서 그동안의 회포라도 풀 텐데 안타깝지만 어쩔 수 없었다.

"이야기를 들은 게냐?"

"네. 분위기가 심상치 않더군요."

"그랬구나. 일은 마친 게로구나."

"네."

"내 네가 돌아오면 겸사복을 시켜 주상의 호위를 맡기려고 했는데, 오자마자 일이 이렇게 되어 버렸구나."

하응은 그렇게 말하는 스스로가 유독 초라하게 느껴졌다. 천하를 호령하던 호랑이가 갑자기 개가 된 기분이었다. 호랑이를 그리려다 잘못 그리면 개를 닮게 되는 것과 같다는 화호유구(畵虎類狗)의 상태가 된 듯했다. 정자산 흉내를 내다가 성과는 온데간데없이 천하에 경박한 자가 된 꼴이었다. 그만큼 수돌에게도 체면이 서지 않게 되었다. 10년을 무예를 익히라고 산으로 보냈는데, 하산을 하고 보니 세상이 달라져 버린 것이다.

"대감마님, 소인은 어디에 있어도 상관없습니다. 이제 대감마님의 곁에서 분부 받들겠습니다."

"그래, 네 말이 그나마 위로가 되는 구나."

일이라는 것이 계획하는 대로 시기적절하게 맞아떨어지는 것이 아니라는 걸 새삼 느꼈다. 이제 섭정을 마치고 재황에게 새로운 방향으로 판을 짜보려고 했는데, 간발의 차로 어긋나 버렸다. 더 이상 섭정을 할 수 없다는 것이 문제가 아니라 재황이 자신을 철저히 배제했다는 점이 가슴을 답답하게 했다.

"대감마님, 아뢰옵기 송구하오나 이 정국을 주도한 이

는 가까운 곳에 있었사옵니다."

천하장안의 안필주가 정보를 모아왔다.

"가까운 곳이라니?"

"바로 곤궁마마께서 그 중심이었습니다."

"설마 했더니 역시였구나!"

가장 바라지 않았던 판이 벌어지고 있었다. 천하장안의 정보가 아니라도 흘러가는 모양새를 보면 이 정국을 주도한 이가 우송파의 안동 김씨도 아니고 조 대비의 세력인 풍양 조씨도 아닌 바로 중전이었다는 사실을 알 수 있었다. 그토록 외척 세력에 의한 세도정치를 막기 위해 고아나 다름없는 민씨를 간택하였건만 지략으로 안동 김씨, 풍양 조씨에 자신의 양오라비인 민승호, 거기에 왕의 종친까지 끌어들였다. 더욱 기함할 일은 그의 맏아들인 재면까지 끌어들였다는 것이다. 온몸에 피가 거꾸로 솟는 것만 같았다. 그러나 무엇보다 그를 마음 아프게 한 것은 중전이 그 일을 벌이도록 재황이 묵인했다는 사실이었다.

'중전, 너란 아이는 정순왕후나 순원왕후를 넘어설 아이로구나. 두 대비는 안동 김씨의 일가를 세워주기 위해 어쩔 수 없는 선택이었겠지만 너는 조선을 쥐고 흔들려는구나. 참으로 무서운 아이를 데리고 왔구나. 출이반이(出

爾反爾), 경계하고 또 경계하라. 네게서 나간 것은 네게로 돌아오는 것이니라.'

"권력을 쥐고 있다고 해서 모두 용이 되려는 것은 아니다. 물론 한번쯤 꿈꿀 수는 있겠지. 하지만 그것은 덧없는 꿈이지. 사람들은 내가 용이 되고 싶어서 그토록 발버둥 쳤다고도 하지. 하지만 난 용이 아니야. 결단코 용이 되려고도 하지 않았지. 나는 내 그릇을 알고 있어. 나는 내 아들을 용을 만들려고 했고, 실제로 그렇게 했지. 그러나 그 자리만 만들어준다고 끝나는 것이 아니었어. 추락할 대로 추락해버린 왕실을 재건하고, 부국강병을 이룬 조선을 만드는 데 기틀이 되고 싶었어. 지금처럼 주상에게는 사방이 적으로 가득찼으니까."

하응은 말을 길게 해서인지 숨을 길게 내쉬었다.

"소인의 좁은 소견으로도 대감마님의 뜻을 이해할 것 같습니다. 그런데 왜 폐하는 대감마님을 의지하지 않고 곤궁마마를 믿었는지 소인의 식견으로는 이해할 수가 없습니다."

수돌은 그저 하응의 비위를 맞춰주려고 하는 소리가 아니었다. 정말로 자신도 그 일은 이해할 수 없다는 표정을 지었다.

"사가였다면 품안의 자식이 부모 품을 떠난 거라고 대견하게 여겨줄 일이었지. 주상은 내 품을 떠나고 싶었던 게지. 스스로도 국사를 잘 운영할 수 있으리라고 여긴 것은 가상하지만, 중전의 치마폭에 싸여 순간의 판단을 잃은 것은 주상이 아직 다 여물지 못한 거라는 반증이지. 차라리 내게 당당히 요구했다면 기꺼이 받아줄 요량이었어. 주상은 자신이 없었던 게야."

"혹여 대감마님께 의심하는 마음이 있었던 겁니까?"

"의심하는 마음이 없었다면 다른 이가 의심토록 만들었어도 흔들리지 않았겠지. 옛날 중국에 양주라는 이가 있었지. 그의 동생 양포가 흰 옷을 입고 나갔다가 비를 만나자 흰 옷을 벗고 검은 옷으로 갈아입고 돌아왔단다. 그의 개가 양포를 알아보지 못해 짖자, 양포는 화가 나서 개를 때리려고 했지. 그 모습을 본 양주는 개를 때리지 말라고 막았어. 개가 문제가 아니라 너도 개가 나갈 때는 하얀색이었는데 검은색이 되어 돌아왔다면 이상하게 여기지 않았겠냐고 말이다. 아무리 아비여도 믿는 마음이 확실했다면 내가 용이 된다고 해도 믿었어야 하지 않겠느냐? 허나 내 아들을 그렇게 만든 것 또한 아비인 내 책임이니라."

　운현궁에 칩거하며 조정의 돌아가는 모양새를 보고 있
노라니 가관이 아니었다. 여러 분파가 작당을 했으니 그
들의 요구를 들어줘야 하니 어쩔 수 없는 일이라 할 수 있
지만, 새로운 출발이라면 앞으로 나아가는 국사를 펼쳐
야지, 뒤로 퇴보하는 방식이면 곤란하지 않는가. 모든 것
을 처음으로 되돌려놓은 심산이더란 말인가. 하응은 들
어오는 소식들을 대할 때마다 분개하지 않을 수 없었다.

　유림을 뒤흔들었던 서원철폐를 중단하고 전국에서는
다시 서원을 세우기에 여념이 없었고, 쇄국정책을 폐지하
는 움직임이 일기 시작했다. 무엇보다 그의 심기를 불편
하게 만든 것은 군 문제였다. 재황은 그가 일궈놓은 삼군
부를 약화시키기 위해 무위소를 설치했다. 병권장악을 위
해 재황의 친위세력들로 물갈이했다.

　'삼군부를 어찌 내 사병조직 정도로 여긴단 말인가? 삼
군부를 강화시킨 진정한 뜻을 왜곡시킨단 말인가?'

　하응은 지난날 군사력을 강화시키기 위해 고군분투했
던 일들이 떠올랐다. 재황의 즉위 후 중앙군의 군사력을
보며 그는 혀를 차지 않을 수 없었다. 훈련도감의 3천명,

어영청과 금위영의 250명 등에 불과했다. 이것이 조선 중앙군의 실태라면 주변국에서 마음먹고 쳐들어온다면 며칠도 버티지 못하고 무너질 정도였다. 군사라곤 대부분이 노약자인데다 총기와 장비도 녹슬어 거의 쓸 수 없는 상태였다. 각 병영의 재정은 형편없어 병사들의 녹은 제대로 지급되지 않았을 뿐더러 무기의 제조도 완전히 중단된 상태였다.

부국강병을 이루려면 말 그대로 군사력이 탄탄해야 한다. 특히 조선의 상황에서는 무엇보다 군을 강화시키는 것이 향후를 위해 급선무였다. 그는 제너럴셔먼호 사건은 용케 넘어갔지만 그 일을 겪은 후 군비강화 정책에 나섰다. 이제는 북쪽의 오랑캐나 왜의 침입 정도가 아니라 신무기로 무장한 거대한 군함을 가진 서양의 오랑캐까지 조선을 넘보는 상황이니 이전의 군사력으로 조선을 지킬 수 없다고 여겼기 때문이다.

병인양요 당시 강화도에는 속오군 400명이 주둔하고 있었는데, 3천명으로 증강했고, 문관출신이 차지했던 병조와 삼군부의 고위직에 무관을 임명했으며, 화포과를 신설하여 포군들의 처우를 개선하였다. 정기적인 녹의 지급과 엄격한 훈련으로 전투력을 유지시키고, 화약과 총탄을 대량으로 제조했다.

그러나 군사력을 증강시키기 위한 재원이 문제였다. 재원마련을 위해 각종 세금을 만들 수밖에 없었다. 경복궁 중건도 한편으로는 재원 확보의 일환이 되었다. 다소 무리가 되었다는 것을 알지만 군비확충에 들어갈 재원이 부족하니 어쩔 도리가 없었다. 왕실과 세도정치 하에서 몸을 불린 가문들이 토지를 대량으로 소유한 채 아무런 조세 부담도 하지 않았으니 조선의 재정이 궁핍할 수밖에 없었다. 한두 번이라도 그들의 주머니를 털기 위해서는 경복궁 중건 같은 거창한 명목이 필요했다. 그럼에도 지방 군인 속오군까지는 중앙군만큼 상황을 호전시킬 수는 없었다.

그런데 그렇게 구축해놓은 삼군부를 약화시키고자 자신의 친위부대라 할 수 있는 무위소를 설치하고, 그가 군비확충에 필요한 재원을 마련하고자 각 도성 문에 매긴 세금 등을 없애버린 것은 잘못 가도 한참 잘못 가는 것이었다.

'주상, 이런 식으로 가다간 정말 큰일 납니다. 이 아비가 그리 두려우십니까? 군사들이라도 이끌고 대전으로 쳐들어 갈 것이라고 여기는 겁니까? 삼군부는 내 사병조직이 아니라 주상의 군사들이며 조선을 지킬 군사들입니다. 군을 가볍게 보면 큰일 납니다. 당장 안전하다고 끝까지 안전하고 여기지 말아야 합니다.'

하웅은 생각하면 생각할수록 가슴에서 천불이 났다. 그토록 믿었던 재황이 마치 다른 사람이 된 것 같았다. 더 이상 이하웅의 아들이 아니라 진정으로 조선의 국왕으로서 노릇을 하고 있지만 그것을 온전한 것이라 받아들일 수는 없었다.

'주상, 정녕 동인쾌를 보지 않았단 말이오? 아니면 함께할 이들이 아비가 아니라 그들인 게요? 아비를 믿지 않는다면 제대로 국사를 운영해야 할 것이 아니오?'

머리로는 재황을 이해해 보려 했지만 그럴수록 가슴은 들끓어 올랐다.

그 즈음 최익현의 유배 소식을 들었다. 아직 조정에 남아 있는 하웅의 지지 세력인 대신들과 유생들이 계속해서 최익현을 유배 보내야 한다거나 죽여야 한다는 상소를 보내자 재황은 최익현을 보호하고자 유배를 보내기로 한 것이었다. 명목은 최익현의 상소에 임금을 능멸하는 말이 많고 나라의 금령에 저촉되는 것이 많다는 이유였다.

"면암, 그대는 그대의 상소가 주상에 대한 충(忠)이라고 생각하시오?"

제주목으로 유배를 떠나는 최익현을 잠깐 만났다. 그를 한번쯤은 만나야겠다는 생각을 갖고 있었다.

"그럼 대감도 내가 사사로운 이익을 위해 상소를 올렸다고 여기시는 겁니까?"

"그렇지 않소. 주상은 그대의 기개에 감복하고 있지요. 나 또한 그대가 사사로운 이익 때문에 상소를 올린 거라 여기지 않소. 다만 그대의 기개가 그림만 보고 천리마를 찾지 못하는 안도색기(按圖索驥)에 그칠 것이 염려되는 구려."

"그럼 대원위대감께서는 융통성을 따지시다가 원리원칙을 잃으신 거로군요."

그가 자신의 충고를 들을 거라곤 생각지 않았다. 그는 여전히 상소를 올릴 때와 다를 바 없었다. 자신이 왜 유배를 가는지도 모르는 것 같았다.

"그대 말을 들으니 그럴 지도 모르겠군. 어쩌면 우리 두 사람 모두 어리석은 이들이지. 그대는 충이라 여기며 한 행동으로 유배를 가는 몸이 되었고, 나 역시 조선의 부국강병을 위한 일이라 여기며 한 일로 주상의 눈 밖에 났으니 말이오."

"저는 제가 옳다고 여긴 일을 했을 뿐입니다. 같이 엮지 말아주십시오. 아무리 대원위대감이라도 언짢습니다."

젊다는 것은 이런 것이구나, 하고 잠시 생각했다. 그러나 작은 충성을 행하는 것이 때로는 큰 충성을 방해하게 된다는 사실을 이해하지 못한다. 이 젊은 선비가 자신이 충성심이라 믿는 이 행위로 국가 대사를 그르치는 결과를 낳을 수 있다는 사실을 아직 모른다고 생각했다.

"내 이럴 줄 알았지. 이보시게. 면암! 앞으로는 무엇이 이 조선을 진정으로 위하는 일인지 잘 생각하시고 행동하란 말이오. 그 고매한 충성이 이용당하지 않게 말이오!"

하응은 진심으로 면암을 생각해서 하는 말이었다. 그나마 그의 기개에 대해서만큼은 그 진정성을 알기 때문이었다.

"그 말씀은 제가 대감께 하고 싶은 말입니다. 이제 그만 제 길을 가렵니다."

그는 더 이상의 말은 듣기도 싫다는 단호한 표정을 지으며 뒤돌아섰다.

"여전히 고집불통이군! 주상은 아까운 인재 하나를 이렇게 잃는 구나."

저만치 가는 최익현을 보고 있노라니 다시는 그가 주상 옆으로 오지는 못할 것 같다는 예감이 들었다. 저런 외곬이라면 향후 재황의 행보에 적이 걸림돌이 될 것이었다. 그는 재황을 너무 모른다.

 '아, 나는 주상을 아는가?'

 그 생각에 미치자 갑자기 피로가 몰려왔다. 아무래도 한양을 떠나 있는 것이 낫겠다고 생각했다.

 "수돌아, 양주로 가자."

 "수돌아, 네가 10년 만에 산에서 돌아왔을 때 네 아비는 뭐라고 하더냐?"

 갑자기 수돌의 부자지간에 대해 묻자 영문을 몰라 당황해하다 옛일을 떠올려보는 듯 시선을 한 곳으로 모았다.

 "소인이야 대감마님 분부 받자옵고 떠나 있었으니, 아버지는 반가워하셨지요. 몸은 성한 것이냐, 일은 제대로 마치고 온 것이냐, 이 정도였습니다."

 "그래. 그것이 부모의 마음이란 거지. 그러면 10년 동안 떠나 있을 때 네 마음은 어땠느냐? 아비 생각을 많이 했느냐?"

 "소인 또한 마찬가지였습니다. 아버지가 몸성히 잘 계

시는지 걱정되었습니다요.”

“그래. 그렇구나. 너희는 딱히 다툴 일이 없었을 테
니…….”

그제야 수돌은 그가 부자지간의 정에 대해 말하고 싶
다는 것을 아는 듯 했다.

“그렇지 않습니다. 저희 부자도 다투는 일이 많았습니
다.”

수돌이 그렇게 말했지만 하웅의 눈에 수돌이 애써 다투
었던 일을 찾으려하는 것 같았다. 그래서 그만 하라는 손
짓을 했다.

“내 다 안다. 너희 부자처럼 친밀한 관계도 없었지. 그
런데 말이다. 부자가 친밀하려면 부모가 자식에 대한 욕
심이 많지 않아야 가능한 것 같더구나.”

“폐하와 대감마님은 소인들과는 다르지 않사옵니까?”

“그래, 그것이 문제였지. 주상이 그 자리에 앉지 않았더
라면 그 많은 일들이 생기지 않았겠지. 수돌아, 너는 주상
이 왜 내게 반목하는 거 같으냐?”

너무 직접적으로 묻는 탓에 수돌은 어쩔 줄 몰라 했다.

“어찌 소인에게 그런 엄청난 질문을 하시는 겁니까?”

자칫 잘못 말하면 하웅 부자에게 불충을 저지를 수 있

는 문제였다.

"지금 우리는 지난날을 복기하고 있지 않느냐? 네가 뭐라 말하던 네게는 어떤 책임도 없고, 화도 미치지 않을 것이다. 다만 나를 도와달라고 부탁하는 것이니라. 그러니 내가 상전이라는 생각은 접고 편하게 느끼는 대로 말하여라."

그렇게 말했지만 수돌은 여전히 어쩔 줄 몰라 했다. 아무리 늙고 병들었어도 한때 조선을 호령하던 대원위대감이라는 생각을 떨칠 수 없어서 그런다고 생각했다.

"대감마님, 소인은 대감마님 곁에 있으면서 소인의 생각 따위를 하지 않기로 했사옵니다. 혹여 경망한 생각으로 대감마님께 불충을 저지를까 염려되었기 때문입니다. 그런 소인에게 너무 과한 은혜를 베푸는 게 아닙니까?"

수돌은 어떤 식으로는 지금의 상황을 벗어나고 싶어 했다. 정치적 비판이 될 수도 있고, 부자간의 은원에 관한 문제이기도 한 터라 말 꺼내기조차 두려웠으리라.

"너는 네 생각을 감추고 살았다고 여기겠지만 그렇다고 감춰지는 게 아니었다. 주머니 속의 송곳, 낭중지추라고 하지 않았느냐? 너는 어려서부터 명복이만큼 뛰어난 아이였어. 네가 명복이와 학문을 하게 되면 명복이 위에 서게 될까 봐 명복이에게 학문을 일러주지 말라고 한 거란다. 그리고 무예를 익히게 한 것도 네 가슴 속에 있는 화를 다스리게 하기 위함이었지. 너는 비록 천출이었지만 네게는 군도(群盜)의 왕이 될 수 있는 기상을 가지고 있었 지. 네가 시대를 잘못 타고 나서 빛을 보지 못했을 뿐 네 자질이 없어진 것은 아니지 않느냐. 그러니 앞으론 두려 워하지 말고 네 생각을 말해다오."

수돌은 어느 때보다 차분한 상태로 하응의 말을 듣고 있었다.

"그럼, 분부 받들겠습니다. 대감마님은 폐하의 마음을 몰라서 소인에게 묻는 것이 아니라고 사려 되옵니다. 다만 폐하께 대감마님의 진정성을 알리기 위한 근거를 마련 하려 하시는 게 아닐까 싶습니다. 대감마님께서 진정으로 폐하와 조선을 위해 부끄럼이 없었다면, 문제는 폐하께 있는 것이 되옵니다. 공자가 노나라에서 정치할 때 백성 들이 길에 떨어진 물건을 줍지 않았다고 했습니다. 그러 다 보니 제(齊) 경공(景公)은 걱정이 되었지요. 그때는 명 재상인 안영도 죽고 없었을 때니까요. 걱정하는 경공에게 여서가 노나라를 무너뜨릴 방법을 제시합니다. 공자가 정치를 맡은 이후로 노나라는 태평성세를 누리고 있지만,

음악을 할 줄 아는 여자를 보내 마음을 어지럽히고 미혹
되게 하면 정치는 나태해질 것이고, 간언하는 공자의 말
을 받아들이지 않을 것이니, 공자는 반드시 노나라를 떠
날 것이라고 했지요. 사실 그대로 되었지요."

하웅은 놀란 눈으로 수돌을 바라보았다. 짐작은 하고
있었지만, 이 아이가 이 정도로 해박할 줄은 몰랐다.

"소인 불충을 무릅쓰고 간언한다면 노나라의 경우처
럼 군주는 안락한 것을 취하기는 쉬우나 그 안락 때문에
패망의 길을 걷는다는 것입니다. 그래서 상대들은 군주의
눈을 가리기 위해 무력보다는 안락을 유효하게 봅니다.
그런 점에서 폐하는 어려운 길보다는 편한 길을 취하신
것이 문제라고 사려 되옵니다. 아니라면 대감마님과 정정
당당하게 싸우셔야 했습니다."

수돌은 말을 마치고 쑥스러운지 얼굴이 발개져 있었다.
하웅은 무릎이라도 치고 싶었다. 어찌 이 아이를 주머니
속에 감춰두고만 있었단 말인가. 아니다. 알면서도 자신
의 욕심으로 감춰두었던 것이다.

아버지의 조선

　요 며칠 속 쓰림이 잦아졌다. 태의원에서 위를 보호하는 약을 올려서 먹기는 하지만 쉬이 가라앉지 않았다. 황제 자리에 올랐지만 하루도 마음 편할 날이 없으니 속이 쓰리는 것은 당연하다지만, 아버지의 일은 태의원에서 올린 약으로는 부족했다. 재황은 늘 아버지라는 족쇄에서 벗어나지 못하고 있음을 알고 있다. 아버지가 섭정을 할 때도 그가 친정을 할 때도 존재감만으로도 늘 그를 지배하고 있었다. 굳이 신경 쓰지 않으려 해도 아버지는 끈을 놓지 못하게 했다. 살아있는 동안 아버지의 영향력에서 벗어나지 못할 것을 알고 있다.

"아바마마, 용안이 밝지 않사옵니다. 오늘은 일찍 침수에 드시는 것이 좋을 듯 싶습니다."

하루 동안 가장 많은 시간을 함께 보내고 있는 황태자 척이 재황의 몸이 좋지 않다는 걸 알고 쉴 것을 권유했다.

"내가 지금 잠자리에 드는 것은 대낮에 자는 것과 다를 바 없지 않느냐? 혹여 태자가 쉬고 싶은 것이냐?"

"아니옵니다. 아바마마의 옥체 상하실까봐 염려되어 그러하옵니다."

"태자는 염려할 것 없다. 내 병은 내가 가장 잘 안다. 오히려 네가 더 걱정이구나. 요즘도 태자비를 독수공방 시키는 게냐?"

척은 후손에 관한 말만 언급되어도 말문을 굳게 닫아버렸다. 그와 관련해서 궁 안팎으로 여러 말이 떠돌기도 했는데, 태의원은 태자가 몸이 허약하기는 해도 후손을 가지지 못할 정도는 아니라고 했다. 그래서 재황은 척이 심적으로 부담을 느끼고 있는 무엇인가가 있다고 생각되었다. 자신을 이어 제왕의 길로 들어서야 하는 척은 매사에 욕구가 없는 편이었다. 물론 어려서부터 병약한 몸이라 제 어미가 품에 끼고 있었다 하더라도 제왕학으로 길러진 아이였다. 더구나 하루가 다르게 급변해가는 정세와 위태로운 상황도 여러 차례 겪었는데, 그럴수록 힘이 빠져 가는 척이었다.

"태자, 너에게 이 아비는 어떤 존재이냐?"

"그야 당연히 소자의 아버지이시며 이 나라의 황제가 아니옵니까?"

태자는 조금은 시큰둥하게 대답했다.

"이 나라의 황제 말고 순수하게 아비로서 어떤지를 묻고 싶은 게다. 나는 네게 좋은 아비였느냐?"

"자식 된 자로서 부모를 존경하지 않으면 불효가 아니옵니까?"

동문서답을 하는 것도 아니고, 척은 그다지 흥미가 없다는 투로 대답했다.

"난 네게 그런 형식적인 존재였구나."

"그렇지 않사옵니다. 아바마마는 소자의 유일한 버팀목이십니다."

척의 대답이 여전히 형식적으로 다가왔다. 하긴 척의 입장에서는 어린 아이에게 부모 중 누가 더 좋은지 묻는 거나 다를 게 없었다. 척의 표정 또한 마치 어린 아이 같기도 하고, 아직 소년티를 벗지 못한 것으로 비쳐졌다. 황후가 살아 있을 때 척이라면 끔찍하게 여겨서 그런지 자라지 못한 어른처럼 느껴질 때가 종종 있었다.

"장차 너도 이 제국을 이끌고 가야 하는데, 아비만 믿
는다니 그도 걱정이로구나."

"소자 나약한 말로 아바마마의 심기를 불편하게 하였
습니다. 아바마마께 아무런 도움이 되지 못해 송구할 따
름이옵니다."

너무 솔직한 대답에 재황은 기운이 빠졌다. 하지만 척
을 탓할 수는 없었다.

"아니다. 약한 소리 하지 마라. 네가 내 옆에 있는 것만
으로도 이 아비는 든든하다."

말은 척에게 자신을 어떤 아버지라고 여기는지 물었지
만, 사실은 그 스스로에게 묻는 질문이기도 했다. 어쩌면
그 질문이란 자신은 아버지에 비하면 너무나 나약한 아버
지가 아닌지 자책하는 우문이라 할 수 있었다.

아버지 없이도 국사를 잘 이끌어갈 수 있다는 포부로
친정의 정국을 열었는데, 생각보다 쉽지도 즐겁지도 않았
다. 신문물을 받아들여 조선의 부국강병을 꾀한다는 방
침을 세웠지만 여기저기서 불만이 터져 나왔고, 조정대신
들은 각기 입장에만 치중하느라 단번에 이루어지는 일이

없었다. 그나마 왕세자인 척이 태어나 기쁨을 안겨주었다. 누구보다 중전이 기뻐하는 모습을 보자 그도 마음이 놓였다. 아이를 잃고 노심초사하던 중전 때문에 마치 자신이 죄를 짓는 것만 같았기 때문이었다.

"이이제이(以夷制夷)입니다."

중전이 내놓은 답은 늘 그렇듯이 명쾌했다. 마치 재황의 가려운 곳을 긁어주는 것만 같았다. 한 가지 사안을 놓고도 늘 고심하는 그와는 달리 중전은 명쾌하게 상황을 정리하는 재주가 있었다. 그녀의 확신에 찬 말투에 그는 절로 고개를 끄덕이고 말았다. 부국강병을 이루려면 신문물을 받아들여야 한다는 생각을 늘 가지고 있었던 그는 선(先) 강국, 후(後) 개방의 원칙을 고수하고 있었던 아버지의 뜻을 못마땅하게 여겨왔던 터였다.

"그러니까 중전은 청이든 일이든 양이든 불러들여 놓고 서로 견제를 하게 되면 어느 누구도 우리 조선을 함부로 하지 못할 것이란 의미가 아니오?"

"그렇사옵니다. 전하. 역시 전하는 하나의 이치로써 전체를 꿰뚫는 일이관지(一以貫之)로 세상을 보십니다. 이이제이라면 전하께서 뜻하신 바를 펼칠 수 있습니다."

어릴 때부터 똑 부러지는 성격이라 무서울 줄만 알았던

중전은 그에게만큼은 더없이 다정한 누이 같았다. 상대방의 마음을 잘 읽고 대처할 줄도 알고, 칭찬을 아끼지 않으면서 용기를 북돋아주었다. 그런 점이 아버지와 확연히 달랐다. 아버지 앞에만 서면 무슨 잘못이라도 한 것처럼 주눅이 들었다면 중전 앞에서는 성군까지는 아니어도 능력 있는 군주로 비쳐지는 것만 같았다.

친정을 시작하면서 제일 먼저 들이닥친 일이 개방의 문제였다. 그가 가장 먼저 이루고 싶었던 국사였던 만큼 나름대로 정보를 수집하고, 뜻을 같이 할 신하를 찾았다. 특히 박규수, 이건창, 오경석 등을 북경에 사절로 보내 서양과 일본에 대한 정보를 알아오게 했다. 아니나 다를까 일본도 조선의 개방에 뜻을 두고 있었다. 일본의 경우 대원군이 섭정을 하고 있을 때도 교섭을 시도했지만 모든 오랑캐를 배척하는 그의 정책으로 이러지도 저러지도 못하던 터에 기회를 만난 셈이 되었다.

그런데 한창 일본과 통상에 관한 교섭이 막후에서 진행되고 있을 무렵 그의 외삼촌이자 중전의 양오라버니인 민승호가 폭탄으로 살해되는 일이 터졌다.

"이건 분명히 운현궁에서 사주한 일일 것입니다."

중전은 자신이 직접 보기라도 한 듯 확신에 차 주먹까

지 불끈 쥔 채 단언했다.

"중전, 섣부르게 판단하지 마시오. 아버님은 양주에 계
신데, 어찌 그런 일을 하실 수 있단 말이오?"

자칫 잘못하면 아버지와의 관계가 돌이킬 수 없는 상
황으로까지 치달을 수 있어 신중해야 한다고 여겼다. 아
버지와의 관계는 재황이 뜻했든 그렇지 않았던 간에 이미
가까이할 수 없는 관계로 벌어져 있었지만, 여지는 남겨
두고 싶었다.

"그러니 사주라 하지 않았습니까? 분명히 전하께서 일
본과 교섭을 하고 있다는 것을 알고 미리 막으려는 의도
가 아니고 뭐겠습니까?"

"그래도 조사를 하면 밝혀질 일이니 속단하지 마시오."

그도 마음이 꺼리기는 했지만 그렇다고 아버지를 그런
식으로 몰아붙이고 싶지 않았다. 그 일에 신경 쓰느라 협
상에 진전을 보지 못하고 있었으니 누군지 계획대로 되긴
했다. 아버지는 그렇게 해서라도 일본과의 수교를 막고
싶었단 말인가?

그런데 일본이 아예 군함 운요 호를 강화도 앞바다에
세워두고 시위를 하며 수교통상을 강요해왔다. 아버지처
럼 그들과 끝까지 싸우는 방식을 택하고 싶지 않았다. 조

선의 개화를 바라는 신하들과 중전의 이이제이 충고에 힘입어 강화도에서 조일수호조규(朝日修好條規)를 맺게 되었다. 그 일이 향후 어떤 파장을 가지고 올지 판단할 겨를도 경험도 없었다. 그의 친정 후 처음으로 맺은 조약에 들떠 있었을 뿐이었다. 아버지의 분노가 극에 달했다는 소리를 전해 듣기는 했다. 그 소식을 들으니 중전 말대로 민승호 대감의 죽음이 아버지와 무관하지 않을 거라는 의심이 고개를 들었다.

"역시 중전의 탁월한 식견에 과인은 다시 한 번 놀랐구려."

일본과 조약을 맺은 4년 후 일본에서 돌아온 김홍집이 귀한 책을 가지고 왔다. 〈사의조선책략(私擬朝鮮策略)〉이라는 책으로, 청국의 황준헌이 아라사(러시아) 남하정책에 대비하기 위해 조선, 일본, 청국 등 3국의 외교정책에 대해 밝힌 것으로, 아라사에 대한 조선의 방어 책략은 친중국(親中國), 결일본(結日本), 연미국(聯美國)하여 자체의 자강을 도모해야 한다고 주장하였다. 그런데 중전은 그에 앞서 이이제이를 논했으니 그녀의 선견지명이 놀랍다고 아니할 수 없었다.

"그것이 어찌 소첩만의 생각이었습니까? 전하께서 그리 생각하고 계셨던 것을 소첩이 정리한 정도이지요. 그 서책대로라면 이제는 미국과의 통상이 필요한 시점이겠군요?"

"그래야 하지 않겠소? 청에서야 아라사를 견제하고 싶어서 그런 책을 썼겠지만, 우리로서는 미국이든 아라사든 가릴 필요는 없지 않겠소? 허나 미국부터 손을 잡는 게 현재로서는 필요하지 않겠소? 다만 미국과의 수교를 꺼내면 반대 여론이 만만치 않을 것이오. 일과의 수교도 말이 많았으니 말이지요."

새로운 세계와의 만남이 한 발짝씩 가까워진다는 것은 가슴이 뛰는 일이었지만, 한 번에 순조롭게 되는 경우가 없었다. 그러면서 아버지라면 어떻게 생각할까, 하는 기준점에 머물게 되었다.

"또 운현궁을 신경 쓰시는 것이옵니까? 지금은 전하의 힘을 믿으십시오. 이미 대세는 전하의 의지로 가고 있지 않습니까? 두려워 마십시오. 소첩 또한 전하께 힘이 되도록 최선을 다할 것이옵니다."

조금이라도 주저할 때마다 힘을 실어주는 중전이 고마웠다. 그에게 있어 중전은 이미 정치적 동반자나 다름없었다. 무엇보다 아버지에 대한 배신감으로 극심한 공허감에 시달릴 때 그 자리를 그녀가 메워주었다.

"전하, 어찌 이런 일이 있사옵니까?"

중전이 눈물까지 보이며 황당하다는 듯이 달려와 하는 말이었다. 그 모습은 그리 낯선 모습이 아니었다. 2년 전 민승호의 집의 화재로 그가 사망했을 때도, 1년 전 그에게는 백부이기도 한 흥인군의 집에 알 수 없는 불이 났을 때도 그녀는 바로 그런 모습이어서 또 누구 집에 불이 난 것이 아닌지 심히 걱정되었다.

"중전, 무슨 일이오?"

"운현궁에서 엄청난 일을 도모하고 있다는 소식을 들었사옵니다."

중전을 울리는 일은 운현궁밖에 없을 정도로, 운현궁은 항상 그와 중전의 대척점에 자리하고 있었다.

"엄청난 일이라니요? 이번에는 또 무슨 일이오?"

"차마 소첩의 입으로 옮기기도 두려운 일이옵니다."

"그런 일이라면 과인이 알아야 하는데, 어찌 아무런 보고가 없단 말이오?"

"아마 아직 수면으로 떠오르지 않아 그런 것이라 여겨지옵니다. 허나 도성 안에는 그런 소문이 돌고 있는 모양이옵니다. 또한 아무래도 운현궁이 관련되어 있으니 전하께는 쉬쉬하고 있는 것이라 사려 되옵니다."

"대체 무슨 일인데 그러시오? 과인이 당장 대신들을 부르리까?"

그는 조금 화를 낸 듯 재촉했다. 중전도 돌려 말하는 성미가 아닌데 적잖이 말하기 곤란한 내용이라고 생각했다.

"소첩에게 들려온 소식으로는 운현궁에서 이재면 대감의 아들인 준용을 추대하여 다시 섭정에 나설 계획을 도모하고 있다 하였사옵니다."

중전이 차마 말하지 못한 이유는 알겠으나 그것을 믿기에는 다소 거리감이 있었다.

"어찌 아버지께서 그런 일을 도모하신단 말이오? 그저 풍문이 아니오?"

그로서는 생각해 본 적도 없고, 믿을 수도 없는 일이었다. 아버지가 아무리 권좌에 미련을 가지고 있더라도 자신을 내치면서까지 권좌에 욕심을 내지는 않을 거라는 믿음은 남아 있었다.

"일본과의 수교로 운현궁에서 격노했다는 소식은 전하도 듣지 않으셨습니까? 또한 운현궁에서는 다시 집권을 하시려 여러 차례 신호를 보내지 않았습니까? 아니 땐 굴

뚝에 연기 나는 법은 없지 않습니까?"

중전이 저 정도로 확신을 가지고 단호하게 말할 때는 그만한 정보가 있다는 것을 재황도 모르지 않았다. 하지만 그는 그 문제에서만큼은 아버지를 믿었고, 믿는 구석이 있었기 때문에 섣불리 판단하고 싶지 않았다.

"아직 수면 위로 떠오르지 않았다고 했지 않소? 그렇다면 덮으면 되는 일이오. 그렇지 않아도 아버지를 양주 직곡산방으로 보냈다고 상소까지 올라왔었는데 괜히 분란을 일으킬 필요는 없지 않겠소?"

"전하께서 그러시다면 그래야겠지요. 하지만 알아보셔야 할 것이옵니다."

중전은 더 이상 말을 하지 않았다. 만일 거기서 그를 부추기려 했다면 그가 화를 낼 것이었다. 아무리 중전의 말을 잘 들어준다고 하지만 자신이 받아들이기 힘든 일에 대해선 고집스런 면이 있었다. 중전도 그런 성격을 알기에 그 정도에서 멈췄다. 하지만 재황은 중전의 말대로 사간원을 시켜 그 일이 알려져 있는지 알아보게 했다. 그런 말이 떠돌고 있지만 배후가 확실히 운현궁인지는 알 수 없다는 것이었다.

"운현궁 아버님께옵선 준용을 무척 아낀다고 하십니

다. 우리 세자는 한 번도 품어주지 않으시면서 말입니다. 완화군도 그리 예뻐하셨으면서……. 어찌 같은 손자인데 소첩의 소생들에게만 차별을 하신단 말입니까? 소첩을 미워하기 때문이겠지요. 소첩에게 조금이라도 미더운 마음을 가지셨다면 우리 첫 원자도 그렇게 보내지 않았을 텐데요."

중전은 넋두리를 하듯 다시 눈물바람이었다. 그의 가장 약한 부위를 건드린 것이다.

"아버지는 중전에게 사소한 감정을 가진 것이 아니니 그리 서운해 하지 마시오. 과인과 종묘사직을 위해 큰 뜻을 가지고 계신 터라 중전이 그리 느꼈던 것이오."

재황은 중전을 달래기 위해서, 그리고 아버지에 대한 오해를 풀기 위해 할 수 없이 두 개의 봉투를 내밀었다. 중전은 보아도 되는지 눈빛으로 물었고, 그는 끄덕였다.

"이 주역의 괘는 운현궁에서 보내신 것일 테지요. 그런데 언제 주신 것입니까?"

그는 그 봉투에 관한 이야기를 간단히 전했고, 받은 날에 대해서도 말했다. 중전은 괘를 보고 잠시 생각에 잠기다가 다시 괘를 보는 등 하더니 입을 열었다.

"아버님은 권력에서 손을 놓으실 생각이 없으셨던 겁니

다. 그러니 처음에는 섭정을 위해 전하를 기다리게 하셨고, 두 번째는 실각을 하실 것 같으니 함께 하자고 하신 것이 아닙니까? 전하를 앞세워 계속 정사에서 손을 놓지 않으시려 하신 것이지요. 그런데 전하께서 그 뜻을 물리시고 친정을 하시니 소첩의 오라버니나 사이가 좋지 않은 형님이신 흥인군 대감 댁에 일을 벌이셨던 게 아닙니까? 그래도 전하께서 받아줄 뜻이 없으시니 어린 준용을 내세워 다시 섭정의 꿈을 꾼 것이 아니겠습니까? 이 괘는 확실히 아버님의 권력에 대한 의지로 보입니다."

듣고 보니 과연 중전의 말이 이치에 맞는 듯했다. 정녕 아버지는 왕권을 쥐고 싶었던 것일까? 자신을 용상에 오르게 한 것 또한 그런 치밀한 계획에 의한 것이란 말인가? 중전의 말에 재황의 마음은 걷잡을 수 없이 혼란스러워졌다. 아버지에 대한 의문이 배신감으로 점점 자리하기 시작했다. 그의 마음에서 아버지의 입장이라는 것이 서서히 사라지고 있었다. 아버지가 당부했던 말들조차 꿈처럼 느껴졌다.

〈조선책략〉이 유포되자 예상했던 대로 반대 여론이 일어나기 시작했다.

'(중략)아라사나 미국, 일본은 모두 같은 오랑캐들이니 후하고 박한 차이를 두기가 어렵고, 아라사는 두만강 한 줄기로 국경이 맞닿아 있는데 이미 실시한 일본과의 규례를 따르고 새로 맺은 미국과의 조약을 끌어대면서 와서 거주할 땅을 요구하고 물화를 교역하기를 요청하면 장차 어떻게 막겠습니까?

또 더구나 세상에는 일본이나 미국과 같은 나라가 헤아릴 수 없이 많은데 각 나라들이 서로 이 일을 본보기로 하여 땅을 요구하고 화친을 청하기를 일본과 같이 한다면 또한 어떻게 막겠습니까? 허락하지 않는다면 지난날의 성과는 다 없어지고 원수가 되며 여러 나라의 원망이 몰려들어 적이 되어버리는 것이 아라사 한 나라에 그치지 않을 것이며, 허락한다면 세계의 한 모퉁이인 청구(靑邱)에 장차 수용할 땅이 없게 될 것입니다.

진실로 황준헌의 말처럼 아라사가 정말 우리를 집어삼킬 만한 힘이 있고 우리를 침략할 뜻이 있다고 해도 만 리 밖의 구원을 앉아 기다리면서 혼자서 가까이 있는 오랑캐 무리들과 싸우겠습니까? 이것이야말로 이해관계가 뚜렷한 것입니다. 지금 조정에서 무엇 때문에 백해무익한 일을 굳이 해서 아라사 오랑캐에게는 본래 생각지도 않았던 일을 생각하도록 만들고 미국에서는 원래 계책으로 삼지도 않은 일을 계책을 삼게 하여 병란을 초래하여 오랑캐를 불러들이게 합니까?(중략)'

영남 만인소.

이만손을 필두로 영남의 유생 1만여 명이 개화를 반대하는 상소를 올렸다. 거기다 상소의 행렬은 경기도와 충청도, 강원도의 유림들까지 이어졌다. 재황은 이미 예상했던 바였지만, 유생들의 반대가 심하다하여 개화를 하지 않으면 조선은 끝내 고립되어 도태될 것이 더 걱정이었다. 그래서 유생들을 달래보기도 했지만 도저히 굽히지 않자 이만손을 비롯한 주동자들을 유배 보내는 것으로 일단락 지으려 했다.

그런데 이번에는 이재선의 역모 사건이 터졌다. 광주산성(廣州山城)의 장교 이풍래의 밀고로 알려지게 되었다. 안기영, 허욱, 권정호, 이두영 등이 이재선을 추대하려 했다는 것이다. 이재선은 재황의 이복형이었다. 그들은 개화에 반대하면서 아버지를 다시 권좌에 복귀시키려 했던 의도를 가지고 있었다. 이재선을 비롯한 사건에 관련 있는 자들을 모두 처형하는 것으로 마무리했다. 이번에도 아버지에 대해선 함구하기로 했다. 아버지에 대한 예우였지만 언제까지 그 예우를 가지고 갈지, 재황의 인내심이 바닥을 드러내고 있었다.

그러나 역모사건이 오히려 그에게는 힘을 실어 주었다. 위기를 잘 모면하면 정국을 유리한 쪽으로 이끌어 갈 수 있다는 것을 배우는 기회가 되었으니 그에게는 여러 모로 득이었다. 역모의 명분을 쥐고 개화에 반대하는 이들을 제압하게 되었다.

그리고 미국과의 수교에 힘을 실을 수 있었다. 바로 이듬해 조미수호통상조약(朝美修好通商條約)을 맺었다. 재황은 '제3국이 한쪽 정부에 부당하게 또는 억압적으로 행동할 때에는 다른 한쪽 정부는 원만한 타결을 위해 주선을 한다.'는 제1조가 가장 마음에 들었다. 그러나 그 1조가 아무런 힘이 되어주지 못한 것을 그때는 알지 못했다.

"아바마마께서는 어떤 조선을 꿈꾸시옵니까?"

재황은 불쑥 그 말을 던진 척에게 놀랐다. 그저 자신만을 따를 뿐 정사에는 별 관심이 없는 듯 행동하는 척에게 그런 말을 듣게 될 줄은 정말 몰랐다.

"태자, 그게 무슨 말이냐? 바야흐로 대한제국으로 탈

바꿈하고 부국강병의 제국을 이룩해가려는 시점에서 무슨 의도로 그런 물음을 하는 것이냐?"

"소자 그동안 아바마마의 뜻에 따르는 것이 소자의 역할이라 여겨왔기에 궁금한 것이 많았지만 모르쇠로 일관했사옵니다. 이런 말씀을 드리면 아바마마께서 역정을 내실지도 모르지만, 소자 조선의 역사를 공부했는데, 이토록 참혹한 적은 없었던 것 같아 드리는 말씀이옵니다. 물론 임진년의 국난도 병자년의 국난도 극복해서 지금까지 왔지만, 이토록 외세에 흔들린 적은 없었습니다. 세상에서 제일 강할 것 같은 어마마마도 참혹하게 돌아가시고, 소자와 아바마마는 아관으로 몸을 피해야 했습니다. 대한제국을 선포했지만 일본은 마치 자기 나라라도 되듯 당당하게 활보하고 다니고, 청이나 러시아, 미국 등은 자국의 이권을 따내기 위해 혈안이 되어 있습니다. 대신들도 이쪽저쪽으로 줄을 대기에 바쁘고, 백성들은 혼란 속에서 어쩔 줄을 모르고 있지 않습니까? 이런 정국 속에서 아바마마께서는 어찌 헤쳐나가실 것인지, 소자는 또 어떻게 해야 하는지 알고 싶습니다."

평소 조용한 편이라 묵묵히 제 할 일만 하고 있는 줄 알았더니, 재황과는 떨어져서 대한제국이라는 산을 훑어보고 있었다니! 게다가 지금 이 질문을 하고 있는 이가 바로 대한제국의 황태자라는 게 아프게 느껴졌다. 나는 아버지로서 아들에게 어떤 나라를 물려주려 하는가, 나는 왜 내 아버지에게 이런 질문을 할 수 없었는지를 생각하니 가슴이 천 갈래 만 갈래로 찢어지는 것만 같았다.

"척아, 네가 그리 물으니 이 아비는 참으로 참담하기 그지없구나. 아비가 되어서 네게 좀 더 부강한 제국의 현재를 보여주지 못한 것 같아 부끄럽기 짝이 없구나. 네 아비로서만이 아니라 만백성의 아비로서 요순시대처럼 태평성대는 아니더라도 외세에 휘둘리는 정국은 만들지 말았어야 했는데, 내 능력이 이 정도밖에 되지 않는 모양이구나. 그러나 이대로 그들의 아귀에 오백년 역사의 이 조선을 넘겨줄 수 없다. 더 이상 그들에게 휘둘리지 않는 조선의, 대한제국의 힘을 만들어야 하지 않겠느냐? 받아들일 것은 받아들이고, 활용할 것은 활용할 것이니라. 그러니 너도 나약하다 여기지 말고 아비를 도우라."

그는 자신이 할 수 있는 최선의 대답을 했다. 모든 것을 함께 겪은 아들에게 숨길 것도 없거니와 어차피 자신의 뒤를 이을 태자이니 솔직한 상태를 전할 수밖에 없었다. 새삼 아버지라는 짐이 얼마나 막중한지 뼈저리게 느꼈다.

"아바마마, 소자 불효를 무릅쓰고 말씀 올리겠사옵니다. 소자 궁 안에 있지만 소자의 귀에도 궁 밖의 소식들이 들어옵니다. 아바마마와 할아버님, 그리고 어마마마와 할아버님에 관련된 일들도 나름대로 소상히 알고 있사옵니다. 특히 어마마마께서 어떤 심정으로 할아버님을 대하셨는지도 모르지 않사옵니다. 소자 얇은 귀로 듣기론 백성들이 할아버님께서 섭정을 하실 때를 그리워한다는 것입니다."

척은 재황의 얼굴이 붉으락푸르락하는 것을 개의치 않고 계속 말을 이어갔다.

"일전에 헐버트 선생께서 사환이란 자와 함께 입궐했을 때 소자 우연하게 듣게 되었습니다. 할아버님께서 환후 중이시며 아바마마를 그리워하신다는 말까지 말이옵니다. 과거 어찌 됐든 조선에 대한 마음은 할아버님도 아바마마와 같을 거라 여겨지옵니다. 음, 소자가 아바마마께 드리고 싶은 청은 할아버님을 만나셨으면 하는 것이옵니다."

척은 다른 말을 하려다 마지막 말로 바꾸었다. 그 말을 하는 척의 표정은 정말로 할아버지를 그리는 손자의 마음이 담겨 있었다.

"태자 너는 할아버지가 원망스럽지 않느냐? 다른 손자들처럼 너 한번 제대로 안아준 적도 없었잖느냐?"

척의 얼굴을 보니 순간 화가 누그러져서 측은한 마음이 일었다.

"지금보다 어릴 때는 그런 마음이 든 적도 있었지만, 소자는 클수록 할아버님이 그리웠습니다. 한 번도 소자의 마음을 말씀드린 적은 없었지만……."

척의 말처럼 할아버지를 입 밖에 꺼낸 적이 없었다. 물론 그렇게 말할 수 있는 분위기가 아니었으니 말이다. 아버지의 무엇이 제대로 얼굴을 마주 한 적이 없는 척까지도 우러러보게 한단 말인가. 도대체 아버지란 어떤 존재란 말인가? 그런 생각이 재황을 절망으로 밀어 넣었다.

"너도 그렇게 말하는 구나. 예전에도 사람들이 그랬다. 아버지를 다시 권좌에 앉히라고……."

그렇게 아버지를 다시 보게 되리라곤 상상도 못했다.

임오년, 구 5군영 소속의 군병들이 열세 달이나 군료를 받지 못하고 있다가 한 달 치 군료로 지급되는 쌀에 겨와 모래가 섞여 있는데다 그 양도 반이나 모자란 것이 문제가 되어 군인들이 반란을 일으켰다. 그들은 신설된 별

기군에 비해 열악한 대우에 불만을 가지고 있었으며 군료 관리인 선혜청당상 민겸호와 전 당상이었던 경기관찰사 김보현에게 깊은 원한을 품고 있었는데, 한 달 치 군료가 결국 도화선이 되었다.

반란은 들불과도 같은 속성이 있는지, 불꽃 하나만 튀어 오르면 걷잡을 수 없이 일제히 번져나간다. 군인들만이 아니라 개화정책에 불만을 품은 백성들까지 가세하면서 심각한 사태로 치달았다. 그런데다 그들은 운현궁으로 몰려가 자신들의 힘이 되어주기를 바랐다. 운현궁에서도 1년 전 이재선의 역모사건으로 불만이 있었던 터라 은밀히 합세한 것 같았다. 운현궁의 입김이 작용한 탓인지 군병은 동별영과 경기감영의 무기고를 습격하고, 일본 공사관을 공격하고, 척신과 개화파 관료의 집을 습격하였다. 그 과정에서 재황의 백부이자 하응의 친형인 영돈녕부사 이최응이 살해되었고, 평소 불만을 가졌던 민겸호와 김보현도 살해되었다. 가장 큰 문제는 중전까지 표적으로 삼았다는 데 있었다. 그래서 결국 그는 아버지에게 사태 해결을 부탁할 수밖에 없었다. 어떻게든 그런 상황만은 만들고 싶지 않았는데 말이다.

"주상, 주상은 왜 주상이 보고 싶은 것만 보는 것입니까? 개화를 위해 중전과 민씨 척족들이 권력을 휘두르는 것은 용인하면서 군인들과 백성들의 원성은 보이지 않는 겁니까?"

아버지는 9년 동안의 화를 그렇게 푸는 것 같았다. 늘 그렇듯이 형형한 눈빛만으로도 재황을 제압했다.

"〈한비자〉에 군주가 살펴봐야 할 여섯 가지에 대해 나옵니다. 첫째 군주의 권력이 신하의 손안에 있는 것이고, 둘째 군주와 신하의 이해가 달라 신하들이 외국에서 힘을 빌리려고 하는 것이며, 셋째 신하가 유사한 부류에 의탁하여 속이는 것이고, 넷째 이해가 상반되는 것이고, 다섯째 윗사람과 세력이 비등한 자가 있어 내부에 다툼이 일어나는 것이며, 여섯째 적국이 대신의 폐출과 등용에 관여하는 것이라 했습니다. 지금 중전과 민씨 척족들은 이처럼 개인적인 이익만을 이루려 할 뿐, 나라의 근심은 돌아보지 않고 있습니다. 주상이 잘 살피고 판단하셔야 합니다."

아버지의 말이 틀리지는 않았지만 중전까지 함께 몰아붙이자 은근히 부아가 치밀었다. 더군다나 중전의 신변이 어떻게 되었는지도 모르는 상태가 아닌가. 군란으로 아버지가 궁에 들어오면서 중전은 몸을 피했다.

"이미 저는 군주의 권세를 아버지에게 빌려준 적이 있었고, 적국의 병사들은 개화를 위해 제가 불러들였으며 나라 밖의 일은 나라 안의 일이 되고 있습니다. 아버지께서는 〈한비자〉에서 다른 것은 읽지 못하셨습니까? '용이라는 동물은 잘 길들이면 그 등에 탈 수도 있으나, 그 목덜미 아래에 거꾸로 난 한 자 길이의 비늘이 있어 이것을 건드린 사람은 죽는다고 한다. 군주에게도 거꾸로 난 비늘이 있으니, 유세하는 사람이 군주의 거꾸로 난 비늘을 건드리지 않으면 거의 성공적인 설득이라고 할 수 있을 것이다.'라는 구절입니다. 바로 역린이라고 하지요."

재황은 이렇듯 당당하게 큰소리를 쳤지만, 중전의 안위가 걱정되어 차마 입 밖으로 내지 못하고 속으로만 외쳤다. 왜 아버지 앞에만 서면 자신은 작아지고 초라해지는 것인지 스스로도 이해할 수 없었다.

"아버지 뜻대로 하십시오. 그리 하명하겠사옵니다."

지금은 물러나 있는 것이 오히려 나을 거라고 판단했다. 그래봐야 중전에게 소식이 오기를 기다리는 동안이었다. 중전이 살아 있다면 아버지 뜻대로 만은 되지 않을 것입니다, 라고 큰소리치고 싶은 욕구를 애써 눌렀다.

중전은 죽었다.

아버지는 그렇게 선포하고 국장을 치를 준비에 들어갔다. 시신이 없어 국상을 치를 수 없다는 반대가 있었지만, 아버지는 중전의 옷을 시신 삼아 염을 한 후에 관에 넣는 일종의 관복상으로 치르려고 했다. 하지만 중전은 죽지 않았다.

"중전마마께서 연통을 보내셨습니다."

중궁전에 궁녀가 중전이 보낸 서신을 가져왔다. 중전은 죽지 않고 충주 장호원 등지의 민가에서 피란을 하고 있으니 처분을 기다리겠다는 요지의 서신이었다. 중전의 글을 보니 눈물이 날 것 같았지만 애써 참았다.

"살아 있으니 됐소. 그대만 믿고 있겠소."

아버지는 다시 권좌에 오른 후 마치 이날이 오기를 기다렸다는 듯이 자신의 뜻한 바를 펼치기 시작했다. 5군영과 삼군부를 부활시키고, 재황이 신설한 통리기무아문을 폐지하는 등 자신이 섭정을 하던 때의 옛 제도대로 돌려놓았다. 자신의 사람들을 등용시켰고, 세정개혁을 단행했다. 재황이 그토록 공을 들였던 개화는 아버지에 의해, 마치 재황에게 보란 듯이 하나씩 파괴되고 있었다.

그러나 재황은 속은 쓰리지만 불안하지 않았다. 자신이 친정을 해온 10여 년의 시간이 헛된 것이 아니라는 믿음이 있었기 때문이었다. 땅을 파서 강을 만드는 일은 쉽지만 그 강을 다시 메우는 일은 결코 쉬운 일이 아니다. 아버지가 개화라는 강을 다시 메우기에는 역부족일 거라고 생각했다. 물론 아버지에게 주어진 시간이 많다면 가능할 수도 있겠지만, 그럴 일은 없었다. 무엇보다 중전이 살아 있기 때문이었다. 중전은 그의 희망이었다. 중전이라면 이 상황을 타개해나갈 방책이 분명 있을 거라고 믿었다.

'역시 동인쾌의 주인은 중전이야!'

역시 중전은 재황의 믿음에 답했다. 중전은 재황에게만이 아니라 청으로도 연통을 넣었다. 그들이 개화를 위해 청에 파견한 사절단, 영선사의 김윤식, 어윤중 등이 청에 대군을 요청했다. 대군을 이끌고 들어온 청은 군란은 진압하고 아버지를 청으로 압송해갔다. 아버지는 직곡과 운현궁을 오가면서 다시 10년을 꿈꾸었겠지만 겨우 한 달 정도에 만족해야했다. 청으로 끌려가는 아버지를 막지 않은 것은 재황에게 있어 절연에 가까운 행위였다. 과연 이렇게 방관만 하고 있어도 되는 걸까, 라고 잠시 망설이긴 했지만, 현재로선 아버지가 사느냐, 자신이 사느냐의 갈림길에 처한 만큼 개화가 먼저였다.

"서원과 지방에 세운 척화비를 모두 뽑아버리도록 하라."

재황은 아버지가 자신에게 했던 대로 돌려주기로 했다. 조정 대신들이야 원래대로 되돌려놓는 것이라 생각하겠지만 재황은 자신이 한 일에 대해 아버지로부터 아무 것도 인정받지 못했다는 울분이 더 컸다. 여전히 자신을 그 옛날 명복이쯤으로 취급하는 아버지가 원망스러웠다.

"태자, 왜 아비가 할아버지를 만나려하지 않는지 아느냐?"

"그야 할아버님에 대한 원망이 깊으셔서 그런 게 아니옵니까? 어마마마도 그러셨습니다. 그리고 무엇보다도 어마마마……."

척은 차마 말을 잇지 못했다.

"황후의 죽음과 관련이 있어서?"

"소자 그렇지 않을까 사려 되옵니다."

"물론 그것도 그렇다. 하지만 다른 이유가 있느니라."

"그보다 더한 일이 있으시다는 말이옵니까?"

척은 고개를 갸우뚱거리며 그보다 더한 일을 추리하는 듯 했다. 재황은 한참 동안 말이 없었다. 두 부자 사이에

정적이 흐르고 있었다.

"두려움 때문이니라."

그는 정말 두려워서 말을 꺼내지 못한 듯이 낮고 무겁게 정적을 깼다.

"두려움이란 말씀이옵니까?"

"그렇다. 두려움. 네 할아버지한테 꾸중을 들을 것이라는 두려움."

그 말을 들은 척은 저도 모르게 헛웃음이 터진 모양인지 재빨리 입을 막았다. 어처구니없는 일을 맞이했을 때 주위를 의식하지 않은 채 헛웃음 치는 것이 척의 버릇이기도 했다. 재황이 몇 차례 지적을 했지만 어지간해서 고쳐지지 않았다. 제 어미의 버릇이기도 했지만, 때와 장소도 다를 뿐만 아니라 성격도 다른 헛웃음이었다. 그녀의 헛웃음은 상대를 조롱하거나 기선을 제압할 때라면 척의 헛웃음은 긴장의 순간에 나오는 것이었다. 그래서 척 자신보다 대신들이 더 긴장하고 민망해 할 때가 많았다.

"아바마마는 이 나라의 지존이십니다. 그리고 할아버님은 지금 환후 중이십니다."

제 실수를 알았던지 자세를 곧추세우며 말했다.

"아무리 지존이라도 나는 자식이다. 자식은 부모 앞에

서 작아지는 법이다. 더구나 네 할아버지는 보통 아버지들과는 다른 분이다. 만일 지금 이 자리에 계신다면 '주상, 백성들의 원성을 두려워할 줄 알아야 성군이십니다!'라고 호통을 치실 것이다. 또한 그런 말을 현 상황에서 들어야하는 것이 두렵다."

척은 이해할 듯 못 할 듯한 표정을 지었다.

"하오나 아바마마, 할아버님께서는 작년부터 아바마마를 만나 뵈옵기를 간절히 바라고 계셨지 않사옵니까?"

척은 할아버지가 그토록 재황을 만나려 하는 것은 단순히 꾸중하기 위함이 아니라는 걸 말하고 싶었던 모양이다.

"나도 안다. 허나 내 마음이 그렇다는 것이다. 네 말을 들으니 너 또한 이 아비를 나약한 존재로 보는 것 같구나."

"아바마마, 그렇지 않사옵니다. 어찌 그리 말씀을 하시옵니까?"

"섭섭하냐? 세상에는 많은 부자지간이 있지만, 다 같지도 않고, 특별히 다르지도 않는 것 같구나. 조만간 마음을 정하겠다. 그러니 너도 더 이상 이 일에 신경 쓰지 마라."

노근란(露根蘭)을 치다

사람은 그려도 한을 그리긴 어렵고[畵人難畵恨]
난초를 그려도 향기를 그리긴 어렵네[畵蘭難畵香]
향기를 그린 데다 한 마저 그렸으니[畵香兼畵恨]
이 그림을 그릴 때 그대 애가 끊겼을 테지[應斷畵時腸]

묵죽으로 한 시대를 풍미했던 자하 신위 선생의 시를
즐겨 읊은 적이 있었다. 금성여사의 난 그림을 보고 지은
'제금성여사예향화란(題錦城女史藝香畵蘭)'이란 시였다.
자하 선생하고는 인사 정도는 나눈 사이였다. 스승인 추
사 선생과 교분이 있어 한두 번 뵌 적이 있었는데, 그 분의

대나무 그림은 일품이었다. 그림이나 글씨는 그 사람의 성품이 그대로 드러나는 법이다. 물론 기술이 워낙 빼어난 이들도 있었지만 그런 그림은 감동이 오지 않는다. 정치도 마찬가지였다.

애가 끊어지는 마음으로 난을 치더라도 그것이 차라리 행복하다는 것을 요즘 새삼 느낀다. 가슴 속 분노와 울분을 어찌 하지 못해 애가 끊어질 듯 마음으로 난을 친 일이 그에게도 분명 있었다. 작년까지만 해도 기암괴석을 척척 그릴 만한 힘이 있었는데, 새해 들어서는 붓을 오래 잡지 못해 난을 마음껏 칠 수가 없다. 크게 앓고 난 후 기력이 쇠잔해진 것은 어쩔 수 없는 일인 줄 알면서도 미련을 떨치지 못했다. 죽을힘을 다한다면 난을 칠 수는 있겠지만, 그렇듯 기력을 다해버린다면 정작 해야 할 일을 하지 못할까봐 애써 심신을 사리고 있었다.

은종을 흔들었다. 한때는 그의 처지를 비추어주는 물건이었지만, 지금은 빛을 잃어버린 은종이다. 그래도 사람을 부르는 기능에는 문제가 없다는 게 다행이다.

"대감마님, 찾아 계시온지요."

"바둑이라도 둬야겠구나."

하옹의 말이 떨어지기가 무섭게 수돌은 비자나무 바둑

판을 그 앞에 대령했다. 어제 일이 떠올라 찬찬히 수돌의 얼굴을 바라보았다. 그리고 그동안 자신도 여느 양반들과는 다른 기행을 보여 왔지만, 여전히 신분의 한계를 품고 살아오지 않았는지 자신을 되돌아보았다. 수돌은 그가 어제 일을 떠올리는 것이라고 여겨졌는지 얼굴이 붉어져 있었다. 의도하지 않게 자신의 실체를 드러낸 데에 대한 겸연쩍음일 거라고 하웅도 짐작했다. 마치 둘 사이의 탐색이라도 이어지듯 눈빛이 오갔다.

"한 수 두겠느냐?"

하웅의 말에 수돌은 여전히 말문을 열지 못하고, 답이라도 하듯 바둑알에 손을 대었다.

"나 혼자 두기 심심해서 네게 바둑을 가르쳤는데, 요즘 들어 그러기를 잘 했다는 생각이 드는구나."

"대감마님께서는 혼자서 두시더라도 그냥 두시지는 않으셨습니다. 항상 상대를 가정하고 두셨잖습니까?"

잠깐이었지만 수돌이 말을 하지 않는다면 어쩌나 했는데, 답을 하니 반갑기까지 했다. 오로지 자신을 상대해주는 이는 수돌밖에 없다는 사실이 오늘은 기쁘게 느껴졌다.

"그랬지. 그런데 이제는 가정할 상대도 없구나. 나는 이제 누구의 상대가 되지 않는 존재가 되어 버렸구나. 허허."

그의 웃음도 마른 몸처럼 버석거렸다. 수돌은 자신이 그를 위로할 처지가 아니라고 느끼는지, 아니면 여전히 어제의 직언 때문인지 차마 고개를 들지 못했다.

"네게 난 치는 것도 가르칠 것을, 이제와 후회가 되는구나."

"소인은 그런 재주가 없사옵니다."

"아니다. 너는 뭐든 가르치면 진보하였느니라. 바둑은 날 위해서 가르쳤다면 난은 널 위해 가르쳤어야 했는데. 그랬다면 너도 조선 화단에 일가라도 이루었을 줄 또 아느냐? 생각해보니 너에게 못해 준 일이 너무 많구나."

수족처럼 부린 수돌에 대한 미안함이 날마다 새록새록 해지는 그는 그렇게 마음을 전하자 가슴에서 치미는 것이 있었다. 재황에게 쏟은 공력을 수돌이나 다른 이들에게 쏟았다면 사정이 지금과 달랐을까. 바둑돌을 힘껏 쥐었다. 그래도 죽을 날이 머지않은 것이 감정을 통제하는 데는 도움을 주었다.

"대감마님, 천하디 천한 소인에게 너무 황공할 만큼 많은 것을 가르쳐주셨습니다. 소인이 다 따라가지 못해 송구할 따름이옵니다. 그러니 소인 간절히 바라옵건대 약한 마음 가지지 마시옵소서."

수돌 역시 바둑알을 두툼한 손에 꼭 쥔 채 머리를 조아리며 눈물을 흘렸다. 그의 진심이 수돌에게도 전해진 모양이다. 이제는 머리도 조금씩 희끗해지는 사내가 흘리는 눈물에 그는 가슴이 미어졌다.

"울지 마라. 사내가 그렇게 우는 거 아니니라. 내게 약한 마음 가지지 말라면서 네가 울면 되겠느냐? 바둑이나 마저 두자. 네 차례가 아니냐?"

그의 목이 갈라지는 소리를 듣고서야 수돌은 소매로 눈물을 훔치고는 검은 돌을 한 곳에 두었다.

"제법 눈이 넓혀졌구나."

양주 곧은골(直谷) 산방으로 내려온 지 수일이 지났지만 마음이 진정되지 않아 방안에서도 앉았다 섰다 서성이다 다시 앉기를 반복했다. 그러다 얼굴이 화끈거릴 정도로 부아가 치밀어 오르면 방문을 박차고 나갔다. 요 몇 달 새 직곡에서의 하웅이 보여주는 병치레 같은 것이었다.

수돌은 맨 처음 하웅과 직곡에 왔을 때 그의 모습을 보고 당황스러워 했다. 한 번도 그런 모습을 대면한 적이 없었기 때문이었다. 그가 자신의 수족을 자르려는 재황에게 항변하기 위해 자결을 시도했을 때 수돌은 온몸을 던져 그를 말렸다. 열병을 앓고 난후 다시 차분한 일상으로 돌아가는 모습을 보일 때야 수돌도 진정을 되찾았다. 천하를 호령하던 그가 손발이 묶인 거나 다름없게 되었으니 그 정도는 어쩌면 약과라고 여기는 것 같았다. 운현궁에서는 보는 눈이 많다보니 감정을 그대로 드러낼 수 없었다. 지켜보는 이가 많지 않은 직곡산방에서 하웅은 벌거벗은 상태와 다름없었다.

"지필묵을 준비 하거라."

한 번씩 미친 듯 가슴속 울화를 다 뿜어낸 후 난을 치는 일이 일상이 되었다. 한양에서 소식을 전하는 이와 대면할 때를 제외하고는 난을 치는 일로 소일했다.

"대감마님, 아뢰옵기 송구하오나 난이 땅에 묻히지 않고 뿌리가 드러나 있사옵니다."

먹을 갈던 수돌은 난 그림이 조금 이상한지 의문을 드러냈다. 어린 시절부터 운현궁에서 그가 난치는 것을 보았던 터라 예사로 넘기지 않았다.

"내가 정신이 나가서 땅을 그리지 않은 거라 여기느냐?"

하웅은 수돌의 의문을 예상한 듯이 되물었다.

"송구하옵니다."

"그래, 수돌이 네가 보기에 이 난이 어찌 보이느냐?"

"소인이야 난에 대해선 문외한이옵니다만, 어린 시절 운현궁에서 보았던 대감마님의 난 그림과는 다르게 느껴지옵니다."

"어디가 다르냐?"

"운현궁에서의 난은 자리를 잘 잡았다는 느낌이 들었고, 난 줄기도 힘이 느껴졌습니다. 물론 지금 난 그림도 힘이 느껴지긴 하옵니다만 난이 뽑힌 듯 둥둥 떠 있는 것 같사옵니다."

"그래. 네가 잘 봤다. 소리를 못해도 자주 들어서 어느 대목이 좋고, 어느 대목이 시원치 않는 것을 잘 가리는 사람을 귀명창이라고 하지. 너도 내가 친 난 그림을 많이 보아서 소리로 치면 귀명창이나 다름없게 되었구나. 헌데, 이 그림은 잘못 그린 것이 아니다. 이렇게 난 뿌리를 드러낸 것을 노근란(露根蘭)이라고 한단다."

"노근란이요?"

"그래, 중국 남송 때 정사초란 이가 있었지. 원나라에 의해 나라가 망하자 뿌리내릴 땅을 잃은 거라며 이 난처럼 뿌리를 드러내서 난을 쳤단다. 원이 지배하는 땅에 뿌리를 내릴 수 없다는 일종의 절의라고 볼 수 있지. 사군자가 그렇듯 이 난도 그때부터 충의와 절개의 상징이 된 거란다."

그는 굳이 자신이 정치적 입지를 잃어 그 마음을 난에 실었다는 말은 하지 않았다. 마음 둘 곳 없이 방황하는 자신을 허공에 뜬 난이라고도 말하지 않았다.

"난이라는 것은 그 생김새 때문에 청초한 여인으로 비유되기도 하지만, 난 줄기가 날카롭게 뻗어있어 불의 앞에서 비분강개하는 선비로도 비유되기도 하지. 그리고 사람들이 많이 사는 곳에 자라는 게 아니라 산 속 깊숙한 곳이나 외진 곳에서 자라서 세상을 등진 은둔거사로 비유되기도 한단다."

스승에게 난 치는 것을 배울 때 들었던 말을 떠올리며 수돌에게 그대로 들려주었다. 다만 수돌에게 난을 치게 하지는 않았다.

"난 치는 일은 몹시 어려워 보입니다."

"그렇지. 사군자 중에서 난 그림이 가장 어렵다고 하지. 원리가 없는 것은 아니다만, 그 원리를 뛰어넘어야 진정 난 치는 거라 할 수 있는데, 또한 그것이 가장 어려운 거란다."

수돌은 아는지 모르는지 멀뚱멀뚱 쳐다보았다.

"삼전지묘(三轉之妙)라고 해서 난 잎을 이렇게 세 번 자연스럽게 휘어져 돌아가게 하는 것이란다."

하웅은 직접 붓을 들고 종이에 그리면서 말했다. 수돌은 자기도 모르게 손을 움직여 따라 해보았다. 그 모습을 지켜보던 하웅은 재미있다는 듯이 웃었다. 그 웃음을 느낀 수돌의 얼굴이 금세 붉어졌다.

"하루아침에 배울 수 있다면 내 너를 제자삼아 가르칠 수 있다만, 난 치는 일이 그리 쉽지 않느니라. 아무리 기교가 뛰어나더라도 이 삼전지묘가 되지 않으면 난 잎은 그저 풀잎에 지나지 않는단다. 삼전지묘는 기술이 아니라 마음이거든. 마음에 욕심이 있거나 화가 있으면 역시 잡초를 그리는 거나 다름없게 되지."

수돌은 그 마음 때문에 하웅이 요 며칠 동안 붓을 잡지 못한 거라고 생각했다.

"하웅아, 얽매이지 마라. 난 그림을 어떤 법칙에 의해 그려야 한다는 생각은 버려라. 세상살이도 권력도 정해진 대로 되지 않는 법이니, 틀에 얽매이지 마라. 네 마음을 뚜렷이 보아라. 그리고 처절하게 고독해져라. 그래야 비로소 난이 쳐질 것이니라."

　가슴에 큰 뜻을 품고 산다는 것을 간파한 추사는 그를 그렇게 나무란 적이 있었다. 그가 추사에게 삼전지묘를 배우고도 젊은 혈기에 급하게 난을 치려고 스승의 다른 제자들의 이런저런 법칙에 귀를 기울이고 있는 것을 보고 그렇게 말했다. 스승의 깨우침으로 그는 자신의 호를 석파(石坡)로 지었다. 자신이 깊은 산속 벼랑의 바위라면, 그 바위틈에서 누가 알아주지 않아도 의연한 자태로 은은한 향기를 전하는 석파란(石坡蘭)을 치리라 마음먹었다. 그에게 있어 난을 치는 일은 언제 다가올지 모르는 꿈을 향한 기다림을 버티는 수련의 시간이었다.

　차라리 귀를 막고 있다면 마음은 편할 거라고 생각했다. 하지만 지금이 끝이라 여기지 않으니 들을 수밖에 없었다. 그가 권좌에 있던, 물러나 있던 변함없이 정보를 전해준 이들은 천하장안이었다. 그는 정보를 찾는 것만큼은 천하장안을 따라잡을 이들이 없다고 탄복했을 정도다. 그가 섭정에서 물러난 후 운현궁을 찾는 이들은 많지 않았다. 고작해야 십 년 동안 그를 믿고 따른 심복들도 있었지만, 조정에 불만을 품은 이들이 대부분이었다. 권력으로부터 멀어진 이들이었다.

재황이 친정에 나서고 처음 몇 달은 어떻게든 이해해보려고 했다. 재황도 성인이 되었으니 자신이 뜻한 바대로 국사를 펼쳐보고 싶은 마음이 있을 거라고 여겼다. 그러나 조정의 돌아가는 모양새로 보아 뭔가 어긋나도 상당히 어긋나고 있다는 것을 직감할 수 있었다.

재황은 혼자가 아니었다. 조정은 민씨 척족을 중심으로 자리를 잡았고, 다시 과거로 회귀하고 있었다. 개화를 위한 노력 정도는 재황의 의지라고 할 수 있지만 백성들의 삶이 피폐해지는 것은 재황의 뜻이 아니었다. 재황은 한곳에 마음을 두면 다른 것은 깊이 생각하지 않는 습성이 있었다. 개화를 통해 신문물을 받아들여 부국강병을 이룰 수 있다는 일념으로 진정 보아야 할 것에 대한 눈을 가려버렸다. 부국강병은 허상이 아니라 백성들의 배를 채우는 것임을 재황은 깨닫지 못했다.

직곡으로 오기 전, 강화도에서 일본과 수교를 맺었다는 말을 듣고 분노를 참을 수 없어 운현궁에 있다가는 무슨 일을 저지를지 몰라 수돌을 앞세워 양주로 왔다. 그가 쇄국을 외치면서 양이 외에 일본까지도 그 대상에 포함시킨 것은 오히려 양이보다 그들이 더 간악하다고 여겼기 때문이었다. 그들은 양이보다 조선을 더 잘 알고 있었다. 그들이 간악한 족속이란 것은 이미 역사를 통해서도 알수 있었다. 세종 조 신숙주가 서장관으로 왜를 다녀온 후 성종 조에 〈해동제국기〉라는 서책을 지어 바쳤다.

'무릇 국교를 맺고 서로 예방하며 풍습이 다른 나라를 어루만지고 접촉하는 데 있어서는 반드시 그 정세를 알아야 그 예를 다할 수 있고 그 예를 다 해야 그 마음을 다할 수 있는 것이다. (…)그들은 습성이 강하고 사나워 칼 쓰기에 능하고 배 타기에 익숙하며, 우리와는 바다 하나를 사이에 두고 서로 바라보는 처지이기에 잘 어루만져 주면 예로써 조빙(朝聘)하고 잘못하면 번번이 강탈을 자행하였다. (…) 이적(夷狄)을 대우하는 방도는 외부를 단속하는 데 있지 아니하고, 내부를 닦는 데 있으며 변방의 방어에 있지 아니하고 조정에 있으며, 무력에 있지 아니하고 기강에 있다 하였는데, 그 말을 여기서 증험하였다.'

물론 그는 언제까지나 일본과 수교하지 말자는 입장은 아니었다. 그런데 그들은 섭정 당시에 각종 공문서에서 '우리 천황(天皇)께옵서', '조칙(詔勅)을 내리시와' 따위로 일왕을 내세웠다. 황(皇)이나 칙(勅)은 지금껏 중국 황제만이 쓸 수 있는 표현이었는데, 감히 일본 따위가 조선을 속국 취급하는 것은 도저히 용납할 수 없었다. 〈해동제국기〉에서처럼 그들이 방자해지면 어떤 식으로 나올지 뻔했다. 조선의 역사상 그들이 침략해 온 적이 한두 번이었던가. 더구나 조선과 달리 개화를 한 일본은 조선을 자신들의 발판으로 삼으려하고 있다는 것을 그도 알고 있었다.

당장이라도 경복궁으로 달려가 재황에게 이건 아니라고 큰소리를 치고 싶은 마음까지 치밀었으나 부자지간의 오해가 섣불리 몸을 움직이지 못하게 했다. 운현궁과 양주 직곡을 오가고 있을 때 그에게는 처남이기도 한 민승호의 집에 폭탄이 터져 민승호와 그의 자제, 그리고 그의 양어머니이자 중전의 생모가 사망한 사건이 발생했다.

"아무래도 아버님을 의심하고 있는 것 같사옵니다. 외삼촌이 돌아가시기 전 우리 집을 가리켰다고 하옵니다."

재면은 상황을 알리려 왔지만, 그 자신도 하응을 의심하는 표정을 감추지 못했다. 이미 아버지보다 동생 편에 자신의 처신을 정했던 재면이고 보니 그를 신뢰하지 않는다는 것을 알고 있었다.

"뭐라? 나는 그런 일을 도모한 적도 없거니와 그 따위로 어리석은 일을 생각하지도 않는다. 너 또한 이 아비를 믿지 못하는 것이냐?"

"아, 아니옵니다. 정황이 그렇다는 것이옵니다. 잡혀온 자가 우리 집 식객이기도 했던 신철균이란 자의 집에 드나들었다고 하옵니다."

"우리 집에 식객이라고 하는 자가 어디 한둘이더냐? 권력을 쥔 자가 몰아붙이면 없던 일도 만드는 법이다. 누구는 해보지 않았더냐? 내게로 손가락을 가리켰다고 해서 반드시 내가 그 당사자가 될 수는 없는 법이야. 눈으로 보고도 진실이 아닌 것이 얼마나 많은 줄 진정 모르더냐?"

아들, 그것도 장남이라는 아들까지도 자신을 믿지 못하고 있다는 사실에 화가 났다. 물론 그것이 그의 현실임을 알려주었다.

"너도 내가 사주한 일이라 여기느냐?"

직곡으로 돌아왔을 때 수돌에게 화가 난 듯이 물었다.

"소인은 대감마님을 믿사옵니다."

아들도 믿지 않는데, 한낱 노비 따위가 자신을 믿는다

는 말을 저리 당당하게 할 수 있단 말인가? 라고 생각하면서도 수돌이의 진심이 무엇인지 알고 싶었다.

"네가 내 곁을 지키고 있어서? 모시는 상전이라서 믿겠다는 것이냐? 내가 너를 속일 수도 있다는 생각은 하지 않느냐?"

"소인의 짧은 소견으로는 함정으로 여겨지옵니다."

"함정이라?"

하응은 수돌의 생각이 놀라웠다. 자신도 함정이 아닐까 잠시 떠올리기는 했지만 도무지 감이 잡히지 않을뿐더러 너무 화가 나서 차분히 생각을 정리할 수 없던 차였다.

"민 대감님 댁에 사고가 생기면 알만한 이들은 당연히 운현궁을 의심할 것이옵니다. 아니 전혀 모르는 이들도 정황을 운현궁으로 몰고 가면 대감마님을 곱지 않는 시선으로 바라볼 수밖에 없지 않겠습니까? 그래서 함정이라 여겼사옵니다."

수돌이 말대로 그냥 짧은 소견으로 나올 말은 아니었다. 물론 복잡한 일일수록 단순하게 보아야 제대로 보이는 법이긴 했다. 하지만 그러기엔 수돌의 말엔 나름대로 논리가 있었다.

"너 산에서 글공부도 하였더냐?"

"네. 무예를 가르치는 사부님께서 칼만 휘두를 줄 알면 시정잡배나 다를 게 없다며 병서 따위를 읽게 했습니다."

어린 명복에게는 수돌에게 글공부를 가르치지 말라고 했지만, 다른 이에게는 그렇게 할 수는 없었다. 학문이라는 것이 하지 말란다고 막아지는 것은 아니지 않는가. 그리고 수돌에게 준 10년 또 다른 자유이기도 했다. 학문도 제대로 익히면 약이 된다는 것을 하웅은 간과하고 있었다고 생각했다.

"그렇구나. 그렇다면 내가 어찌 하면 되겠느냐?"

"소인의 짧은 생각으로는 대응하시지 않는 게 좋을 것 같사옵니다. 대감마님은 결백하시기 때문이옵니다."

이럴 땐 결백하기 때문이 아니라 구차해지기 때문이라고 해야 한다. 하지만 수돌로서는 그렇게 말할 수 없었으리라.

"대감마님, 노근란은 살 수 있사옵니까? 뿌리는 흙 속에 있어야 살지 않사옵니까?"

수돌은 노근란이 자꾸 마음에 걸리는 모양이었다. 하웅에게 일어나는 마음의 소요를 노근란으로 표현하고 있다는 마음에서 그런 모양이었다.

"대부분의 난이라면 그렇지. 하지만 모든 난이 흙속에 뿌리를 묻고 살지는 않는단다. 뿌리를 드러내고도 사는 난도 있단다. 바위틈에 붙어살기도 하고, 다른 식물에 붙어살기도 하지. 야생란은 그렇게 강한 생명력을 지니고 있지. 하지만 노근란은 실재하는 난보다는 마음의 표현이요 상징이다."

그는 난에 대해 설명을 하다 보니 노근란에 실은 자신의 마음을 인정하고 말았다.

"대감마님, 소인 어리석은 부탁인줄 알지만 노근란이 어쩔 수 없이 흙에 닿지 못한다 하더라도 죽지 않도록 해 주셨으면 하옵니다. 난이 흙이 보이지 않는 바위틈에서도 자라듯 비록 지금은 뿌리를 드러냈지만 더 강한 난으로 오래오래 살 수 있었으면 좋겠다는 것이 소인의 바람이옵니다."

수돌의 말의 의미는 하웅이 비록 뿌리를 드러내고 살아야 하는 노근란이지만 강한 생명력으로 뻗어나가는 난처럼 절망하지 않고 꿋꿋이 버텨주기를 바라는 것이었다.

"내 너를 끝까지 버릴 수 없게 하는 구나."

하웅은 평소 자신이 사람을 잘 본다고 자부했는데, 며느리인 중전만큼은 일생일대의 실수로 남게 되었다. 그런데 집안의 노비인 수돌만큼은 탁월한 식견이었다고 자부할 수 있었다. 어릴 때부터 남다른 기운이 느껴지는 아이였는데, 그것이 정(正)으로 나타날지, 반(反)으로 나타날지 장담할 수 없었다. 그래도 심성이 착해서 정을 길러주기로 했다. 사람에게는 여러 가지 성품이 들어 있는데, 어떤 면을 길러주느냐에 따라 달라진다고 생각하고 있었다. 그런 것을 알면서도 자식은 마음처럼 통하지 않았다. 자식은 아무리 꾸짖으며 키운들 한계가 있는 것 같다. 직접 어려움을 겪게 하면서 성장할 수 있도록 하는 편이 낫지 않았는지 재황을 보면서 생각했다. 수돌이 말처럼 자생할 수 있는 노근란이 되도록 해야 했다. 뭇 백성들이 평생을 노근란으로 살아야 하듯이.

운현궁으로 돌아와 수돌이 가족을 면천해주었다. 수돌의 위로가 벼랑 끝에 선 자신에게 큰 힘이 되었기 때문이었다. 다만 수돌이는 자신의 곁에 두기로 했다. 수돌이 본인이 원한다면 언제든지 떠나도 좋다고 했다. 그렇게 해도 수돌이가 떠나지 않을 것을 믿었다.

"하늘이 나를 저버리는구나."

하응이 그토록 아끼던 첫 손자, 완화군이 죽었다. 열세 살의 어린 나이에 급하게 세상을 뜨고 말았다. 세상을 뜨기 한 달 전만해도 그를 찾아와 우울한 마음을 달래주었다. 그때만 해도 건강에 아무 이상이 없었다. 사인은 역병이라고 하나 그대로 믿을 수 없었다. 이제 중전의 마음 깊이를 헤아릴 수 있는 그로선 완화군의 죽음이 자신과 무관하지 않다는 걸 깨달았다. 어쩌면 완화군을 세자로 책봉하려 했던 시점에서부터 완화군의 죽음은 결정되었을 거라고 생각했다. 어린 것을 지켜주지 못한 자신에게 화가 났다. 얼마 지나지 않아 완화군의 생모인 귀인 이씨도 어린 아들을 따라갔다. 화병이리라.

그런데 더 기막힌 것은 이듬해 둘째 아들 재선까지 잃게 되었다. 소실 계성월이 낳은 서자였다. 안기영과 권정호가 주축이 되어 민씨 척족의 세도와 개화정책에 불만을 품고 재선을 끌어들여 거사를 도모하려 했다는 것이다. 하응은 자신의 아이들에 대해서 모르지 않았다. 재선은 서자이기는 했지만, 서자라서 아깝다고 할 만큼 기개도 있고, 줏대도 있는 아이였다. 아무리 아버지를 위한 일이라도 앞뒤 가리지 않고 뛰어드는 아이는 아니었다.

"누군가 있는 것 같구나."

그는 수돌을 시켜 자신을 함정으로 모는 세력이 있는지

알아보라고 지시했다. 천하장안들과 접촉하여 사태를 파악하라고 했다. 그들은 언제나 정보를 수집하고 있으니 수돌에게 도움을 줄 거라고 했다. 분명 자신도 모르는 일이 어디에선가 만들어지고 있을 거라고 생각했기 때문이었다.

혼란을 야기하며 정국을 극단으로 몰아가는 보이지 않는 세력이 존재하고 있을 거라는 의심은 재황의 친정이 시작되면서부터였다. 다만 그들의 목적을 자신의 하야 정도라고 생각한 것이 오판이었다는 생각이 근래에 들기 시작했다. 그들의 목적은 단순히 하응의 하야가 아니라 그가 재기할 수 있는 여지를 두지 않는 것이어야 했다. 그러려면 재황과 끝없는 반목으로 몰아야 했다.

'그렇게 해야 이익을 얻는 자들일 것이다. 그렇다면 중전인가? 나에 대한 원망이 깊을 대로 깊어져서 주상의 곁에 가까이가지 못하도록 막고 있다. 주상 또한 날 찾지 않는다. 우리 부자 사이를 그리 막고 있으니 자기 마음대로 권력을 농락하고 있는 것이다. 보란 듯이 민씨 척족들을 조정에 들여 사리사욕을 채우는 것이 안동 김씨 못지 않으니 말이야.'

하응은 수돌을 기다리는 동안 그동안의 일을 정리해보

고 있었다. 때로는 홀로 바둑을 두면서 판세의 흐름을 예상해보기도 했다. 바둑은 혼자 두지만 상대는 항상 설정해두었다. 때로는 안동 김씨이기도 하고, 때로는 민씨 일가 중 한 명이기도 하고, 때로는 중전이 되기도 했다. 상대를 재황으로 둘 때는 그만 바둑판을 흐트러뜨리고 말았다.

운현궁에 있으면 소식은 바로 들을 수 있겠지만, 드나드는 눈이 많아 번거로울 것 같아 수돌이 조사를 마치고 돌아오는 동안 직곡에 머물기로 했다. 사실 직곡이라고 해서 안전하다고만 할 수 없었다. 직곡으로 내려온 지 얼마 되지 않아 수돌이 주변에 첩자로 보이는 이들이 있다고 전했다. 그런 쪽으로 감각이 있는 수돌이었다. 그래서 직곡에 오면 늘 낚시고 바둑 두는 일로 소일하는 듯이 보이게 했다. 사실이 그랬고, 되도록 사람 만나는 일은 자제했다.

달포 쯤 되어 수돌이 돌아왔다.

"천하장안 분들이 도움을 주었사옵니다. 그 분들이 전해준 소식들을 확인하느라 좀 늦어졌습니다."

"그래, 뭐가 좀 보이더냐?"

"의문스러운 점이 많았습니다. 일어난 일들은 각기 다

르기도 하고, 또 어떤 면에서는 같기도 하면서 하나로 연결되어 있는 것으로 사려 되옵니다."

"다르다면 어떤 것이 다르고, 같다면 어떤 것이 같으냐?"

"먼저, 불과 폭약을 쓴 일입니다. 가장 먼저는 경복궁 자경전이고, 다음은 민승호 대감 댁, 다음이 이최응 대감 댁입니다. 이 세 사건 모두 대감마님이 사주한 것으로 풍문으로 돌고 있는 일이옵니다."

"그래, 그 세 가지는 어떻게 연결되어 있다는 것이냐?"

행동은 날쌔지만 말하는 데 있어서는 매사에 서두르는 법이 없는 수돌이 오늘따라 답답하게 느껴졌다. 일이 일이니만큼 수돌로서도 더 신중하게 하려 한다는 것을 이해하면서도 그의 마음은 앞서갔다.

"세 가지 사건 중에서 범인이 잡힌 것은 민승호 대감 댁뿐이 온데, 그가 신철균이라는 자의 청지기라는 것은 대감마님도 이미 아실 것입니다. 그래서 그들 주변을 조사해보았는데, 마치 대감마님이 사주한 것처럼 보이도록 했다는 것입니다. 그런데 범인이란 자에게 최초로 접근한 이를 찾아보았는데, 어떤 쪽으로도 대감마님과는 무관한 이였고, 이미 자취를 감추었습니다. 그리고 자경전의 경우는 궁 내부자로 볼 수 있는데, 마치 불이 일어날 줄 알고 모두 미리 피했다는 것입니다. 이최웅 대감 댁 역시 보여 주는 식의 화재였습니다."

"그러니까 자경전은 내가 중전을 노리는 것처럼 한 것이고, 민승호나 형님은 나와 반목한 관계이니 배후에 내가 있다는 것을 알리려 했다는 것이로구나. 그 정도야 이미 예상한 바가 아니더냐? 좋다. 그렇다면 완화군과 재선이의 일은 어찌된 것이냐?"

"앞의 세 사건은 대감마님 말씀처럼 전부터 예상한 일이옵니다. 헌데, 그 일과 완화군 마마나 재선이 도련님의 일은 배후가 다르게 보입니다. 특히 재선 도련님 일은 영남 유림의 만인소 이후에 바로 일어난 일이라……."

수돌의 말에 그는 뭔가 잡은 듯이 무릎을 쳤다.

"뒤에 일은 중전이구나."

수돌은 차마 답을 하지 못하고 침묵으로 수긍했다.

"그렇다면 하나로 연결되어 있다는 말의 의미는 앞 세 가지 일의 배후와 중전이 연결되었다는 것이냐?"

"그 부분에 대해서 천하장안 분들이 신중하게 접근하셨는데, 아마도 동일한 목적에 대해서 협력하는 관계로 보입니다."

"그러니까 서로 자신들의 목적을 가지고 있되, 동일한 목적에 대해서는 협력을 한다는 것이로구나. 특히 민승호 대감 일은 중전에게도 치명적일 테니. 그들은 중전에게 민 승호 대감 쪽 일이 내가 사주한 것으로 보이도록 수를 썼 겠구나."

이번에도 수돌은 고개를 끄덕이는 것으로 답했다.

"그들은 역시 우송파이더냐?"

"그러하옵니다. 다만 전보다 치밀해진 것 같습니다. 핵 심이 수면으로 드러나지 않고 있습니다. 철저하게 가려져 있는데, 우두머리가 안동 김씨만이 아닌 것 같습니다."

"몇몇이 공동으로 맺어진 모임이라는 거군."

우송파, 그들은 해를 거듭할수록 강력해진 것이다. 정 국이 정체되고 혼란스러울수록 그들은 안전하며 그들에 게 있어 방어가 가장 큰 힘이다. 어쩌면 그들은 조정에서 의 권력보다 자신들이 지금껏 쌓아온 부와 기득권을 잃지 않으며 차후를 준비하고 있을 것이다. 문제는 언제까지 그들이 중전과 같은 배를 타느냐, 그것이다. 그들이 바라 는 조선은 자신들의 이익에 부합되었을 때만 함께 갈 것 이기 때문이다.

"주상도 이런 사실을 알까? 아니다. 주상은 모를 것이다. 모르니까 중전이 내가 모은 10년 치 국고를 1년 만에 탕진하도록 보고만 있었지. 그뿐이냐? 중전과 민씨 척족들은 백성들의 고통은 외면한 채 자기들의 배를 채우기 위해 매관매직과 사치와 무속에 국고를 탕진하는 꼴이 역대 세도정치와 다를 바가 뭐 있느냐?"

이제 막아야 한다. 더 이상 그들의 음모로 왕실과 조선을 흔들리게 할 수 없다. 옛 중국 한나라의 공자 한비는 큰 나라를 다스림에 있어 거북의 등딱지를 굽거나 산가지를 헤아리는 점괘의 따위에 의존하다 보면 패망의 지름길이라고 했다. 더 이상 나라꼴이 어지러워지는 것을 볼 수 없다. 이제는 자신이 나서야겠다는 다짐을 하며 그는 주먹을 불끈 쥐었다.

"수돌이 네 말대로 노근란이 강한 생명력으로 뻗어나가야 할 때가 온 것 같구나. 더 이상 이 조선을 외척들에게 휘둘리지 않게 할 것이다. 성리학이라는 기득권으로 제 가문의 배를 채워온 이들의 조선이 아니라 처음부터 노근란이었던 백성들의 조선이 되도록 해야 한다. 주상이 강한 조선을 세울 수 있도록 도와야 한다. 이제는 내가 만든 패배감에서 벗어나야겠구나."

그의 말에 수돌의 손에도 힘이 들어가는 것 같았다. 감격에 찬 눈빛으로 하웅을 바라보았다.

"대감마님, 큰일 났습니다. 어서 운현궁으로 가셔야겠습니다."

평소 차분한 수돌이 급하게 뛰어올 때는 정말 시급한 일이 벌어진 것이다. 난을 치던 손을 멈추고 물었다.

"무슨 일이냐?"

"방금 운현궁에서 전갈이 왔습니다. 빨리 돌아오셔야할 것 같다고 말입니다. 오군영의 군사들이 난을 일으켰다고 하옵니다."

"뭐라? 어찌 그런 일이!"

내 언젠가 이런 일이 일어날 줄 알았다고 말하려다가 그저 놀라움만을 표현했다. 어쩌면 지금부터는 작은 일이라도 신중을 기해야 한다는 생각이 들었기 때문이다.

운현궁에 돌아와 보니 상황은 생각했던 것보다 훨씬 심각했다. 그동안 곳곳에 묵을 대로 묵은 분노가 터진 것이라 걷잡을 수 없이 번져갔다. 군사들은 물론이고 백성들의 분노는 쉬이 멈춰질 것 같지 않았다. 먼저 수교를 맺은 일본이 조선 경제를 암암리에 잠식하고 있는 것도 불만이었다. 그래서 일본공사관까지 포위하고 공격했다.

그 정도의 위기상황이니 재황으로서도 어쩔 수 없었다. 하응을 권좌로 복귀시키라는 열화와 같은 백성들의 호소에 손을 들고 말았다.

9년 만에 본 아들이다. 어떻게 정국을 이 지경까지 끌고 왔는지 화도 났지만, 그래도 오랜만에 본 아들이라 반가웠다. 오매불망했던 마음을 말로 다 표현할 수 없었지만, 그래도 그동안 애 많이 썼다고 다독여주고 싶은 마음이었다. 그러나 재황이 그를 바라보는 눈빛은 차가웠다. 아무리 주상이라도 아버지를 바라보는 눈빛이라 하기에는 너무나 냉랭했다. 그래서 그도 나무라는 식으로 말이 나갈 수밖에 없었다. 뭔가 말하려는 듯이 입을 열려다 다물었지만 그 눈빛은 원망과 냉소가 가득 차 있었다.

그는 이 모든 일이 중전 때문이라고 여겼다. 지금 기회에 바로 잡지 않으면 안 된다고 판단했다. 군란은 중전의 오빠뻘인 민겸호와도 직접적인 연관이 있고, 그간 중전의 실정으로 백성들의 분노가 하늘을 찌르고 있는 상황인데다 그가 다시 권좌로 돌아왔으니 중전 스스로도 자신의 안위를 걱정하지 않을 수 없었다. 충분한 명분이 있으니 왕실의 어른으로 중전을 단죄하려고 했는데, 이미 중전은 자리를 피하고 없었다. 나중에 알고 보니 그의 부인인 부대부인의 도움으로 궁궐을 빠져 나갔다.

"부인 역시 여흥 민씨라는 거군. 출가외인이라 했거늘, 그럼에도 부인의 가문이 중한 것이오? 내 그토록 외척들의 개입을 막으려고 애를 썼건만 집안에 가장 무서운 적이 있을 줄은 몰랐구려."

부인 민씨는 뭐라 하고 싶은 말이 많은 눈치였으나 그저 묵묵부답으로 일관하였다. 그녀는 자신들의 형제를 지아비인 하응 때문에 잃었다고 여기는 것 같았다. 혈연으로든 종교로든 그녀의 형제들이 평생 함께 해온 지아비의 손으로 사라졌는데, 자매이자 며느리인 중전만큼은 자신이 지키고 싶었다는 그 뜻을 그가 읽지 못한 것은 아니었다.

다시 새롭게 재황이 조선을 일으킬 수 있는 발판을 만들어야 했다. 가뭄으로 갈라진 논바닥 같은 민심도 다독여야 한다. 중전 민씨의 부재를 확실시 하는 것은 백성들의 마음을 달랠 수 있는 수단이기도 했다. 그래서 중전의 국상을 선포했다. 중전이 죽지는 않았지만, 죽은 것이 되어야 중전으로서도 그나마 품위를 지킬 수 있다고 판단했다. 물론 재황이나 척은 슬픔에 싸여 있었고, 민씨 척족들은 당혹감을 감추지 못했지만 중전이 죽어야 사는 것이라 여겼다.

"그 많던 인재들은 다 어디로 갔는가?"

척족을 제거하고 새로운 인물들을 등용하려 했는데, 지난 9년 동안 많은 인물들이 조정 주위에서 사라지고 없었다. 그와 가까운 인물들은 투옥되거나 유배 중이었다. 국법이 엄하고는 하지만 인물이 없어 국사를 제대로 처리하지 못하는 것보다는 나을 것 같아 석방까지 시켜 등용할 수밖에 없었다. 도대체 재황은 인물다운 인물들을 세우지 않고 무얼 했단 말인가? 탄식이 절로 터져 나왔다.

개화를 조금 늦추더라도 백성들의 살림은 채워야 한다. 헐벗은 백성들의 배를 채우고 민심을 먼저 하나로 모아야 개화도 가능한 것이다. 이런 입장을 재황에게 전하고자 했다. 그런데 나라를 이 지경으로 만들고서 또 외세에 손을 내밀었다는 사실이 그를 기함하게 했다. 숨어 있던 중전이 청나라로 도움을 요청한 것이다.

"대감마님!"

"무슨 일이냐?"

"청나라 장수 둘이 대감마님을 찾사온데, 느낌이 좋지 않사옵니다."

수돌이 무예를 익혀서인지 같은 부류의 사람들에게서

느껴지는 측은 남달랐다. 수돌의 말에 그 역시 느낌이 좋지 않았다.

"그래? 알았다. 혹여 내게 무슨 일이 생기더라도 너는 경거망동하지 말거라. 너까지 잘못되면 안 된단 말이다. 알겠느냐?"

수돌은 어찌 그럴 수 있냐는 표정을 지었지만 그의 단호한 표정에 고개를 숙였다.

"오늘 밤 남양만에서 배를 타고 천진에 가서 황제의 유지를 받아야 합니다."

청나라 장수 오장경과 마건충이 군사들을 동원해서 하응 앞에 나타났다.

"내가 섭정을 한 것은 예전에도 있었던 일입니다. 지금은 주상의 권고를 받아 조정 일을 보고 있는데, 굳이 천진까지 갈 필요는 없지 않습니까?"

하응이 정당성을 명분으로 내세우자 칙명으로 맞섰다.

"황제의 유지를 거부하겠단 말이오?"

"정식으로 주상에게 요청을 하시오!"

하응이 거절하며 버티자 그들은 군사들을 시켜 강제로 보교에 태웠다.

"이런 되놈들! 감히 너희가 뭐라고 조선 왕의 아버지를 잡아간단 말이냐? 여기는 조선이다. 이놈들아!"

그에게는 더 이상 황제의 나라인 청에 대한 존경심이 없었다. 아니 오래 전부터 없었다. 그에게는 오로지 조선만이 전부였다. 그러나 그 조선을 위해, 더 이상 청의 내정 간섭을 받지 위해 강한 조선을 세우려 했던 그가 조선 땅에서 청의 군사들에게 잡힌 것이다. 청의 군사들이 하응의 눈앞에 나타났다는 것은 이미 재황의 암묵적인 동의가 이루어졌다는 것을 의미하기도 했다.

"대감마님!"

수돌이 검을 잡고 달려들려 하자 하응은 눈짓을 했다. 수돌은 어쩔 수 없이 한발 물러났다. 수돌이 이러지도 저러지도 못한 상황에 당혹스러워 하는 모습을 보며 하응 또한 절망할 수밖에 없었다.

'나를 지켜줄 이가 이 조선에 수돌밖에 없단 말인가.'

"내가 살아오면서 가장 절망적인 때가 언제였는지 아느냐?"

바둑을 두던 하응은 자신이 놓은 백돌을 응시하면서 대답을 바라지 않은 채 말을 이어갔다.

"상갓집 개라고 불리던 파락호 시절도 아니고, 권좌에

서 내려와 직곡에 머물 때도 아니었다. 내 손발이 다 잘린 청에서였다. 사람들 속에 있어도 고립무원이나 다름없는 감옥이었지."

"대감마님, 그때를 생각하면 소인 송구할 따름이옵니다. 그때 목숨을 걸고서라도 대감마님을 구했어야 하는데, 몇 달이 걸리더라도 청에 가서 대감마님을 구출해드렸어야 하는데 아무 것도 하지 못한 죄가 너무 크옵니다."

수돌은 두던 바둑알을 손에 꼭 쥐고서 엎드려 머리를 조아렸다.

"그러지 마라. 너는 언제나 내 명에 따랐지 않느냐? 그때도 내 명에 충실해주어서 오히려 내가 고맙게 여긴다. 아무리 무술에 뛰어난 고수라도, 네 무술 사부의 시조라도 날 구할 수는 없었다. 난 정치적으로 압박을 당한 것이었으니 말이다. 그때 재면이도 왕래했지만 날 구하지 못 했지 않느냐? 주상 또한 날 구할 의지가 없었는데, 네가 어찌 할 수 있었겠느냐? 그리고 네가 목숨을 걸고 날 구했다면 정녕 내가 살았겠느냐? 너는 살았겠느냐? 네가 그때 죽었다면 오늘 내 옆에 누가 있겠느냐?"

그의 말에는 수돌에 대한 고마움보다 자식들에 대한 서운함이 묻어 있었다.

"나를 청에 보내놓고 그나마 남아 있던 내 수족들을 다 정리했지. 그들이 조선을 살릴 인재들인지 아닌지는 중요하지 않았지. 처음부터 주상 곁으로 가지 못하도록 차근차근 수족들을 잘라냈어. 그랬는데도 백성들이 날 찾으니까 청에 날 잡아가라고 연통을 넣었다니, 기가 막힐 노릇이었지."

그는 그때 일이 생각나는지 몸을 부들부들 떨면서 말했다. 수돌은 뭐라 답을 할 수도 답을 해서도 안 된다고 생각했다.

"그래도 난치는 재주라도 있었으니 분과 한을 삭일 수 있었지. 그마저도 하지 않았다면 그때 청에서 귀신이 되었을 지도 모르지."

청에서 흉악한 조선의 폭군이라는 '흉선군(兇鮮君)'이라는 조롱을 받은 일이며 며느리를 제거하려는 악랄한 시아버지라며 굴욕적인 대우를 받았던 일에 대해서는 차마 수돌에게 말할 수 없었다.

"참으로 부끄러운 것은 말이다. 조선이나 주상이 요청해서 청에서 풀려난 게 아니었다는 거야. 청에서 풀려날 시점에도 민영익을 보내 날 억류하라고 요청을 했어. 결국 중전이 일본과 아라사에 기울면서 청이 중전을 견제하

196

기 위해 풀어준 것이지. 조선으로 돌아가는 것은 말할 수 없이 기뻤지만 한편으로는 부끄럽고 창피했다."

"대감마님, 이번에도 불계승이옵니다."

까치밥

"선생님은 짐의 아버지인 흥선대원군을 어찌 생각하십니까? 짐을 배려하지 말고 선생님이 느끼는 대로 말씀해 주십시오."

재황의 질문을 받은 헐버트는 순간 난감해졌다. 대원군과 고종 황제의 관계라면 알 만한 사람은 다 알고 있어 자칫 소신껏 말했다가는 누군가에게는 무례를 범할 수도 있는 문제였다. 특히 고종황제는 헐버트에게 아버지에 대한 고민을 자주 털어놓았다. 헐버트는 가지런히 자른 수염을 만지며 잠시 생각에 잠기다 입을 열었다.

"폐하, 저는 그 분을 긍정적으로 평가합니다. 이 조선에서 찾아보기 어려운 걸물이라 여깁니다. 자신이 의도한 바는 어떻게든 관철해나가려는 불굴의 투지를 가졌지요. 정치를 하는 이는 그런 투지를 가지고 있어야 한다고 봅니다. 그래서 어떤 때는 그 투지가 지나쳐서 백성들로 하여금 두 가지 마음을 갖게 하지요. 그를 미워하면서도 한편으로는 존경을 보내는 마음이지요."

헐버트는 고종과의 관계는 배제한 채 대원군에 대한 자신의 생각만 말했다. 헐버트의 소신이 얄밉기도 하고 부럽기도 한 재황이었다.

"백성들이 짐보다 아버지를 더 존경하겠지요?"

재황은 말을 하고 나서야 스스로 자신의 옹졸함을 드러냈다는 것을 느꼈다.

"그런 의미로 드린 말씀은 아니었습니다. 불쾌하셨다면 무례를 용서하시옵소서."

"아닙니다. 어느 정도는 사실입니다. 짐도 아버지와 같은 투지를 가지지 못한 것이 안타까울 따름입니다."

"그래도 이 나라의 황제는 폐하이십니다."

헐버트는 확신에 찬 눈빛으로 말했다. 그러나 재황에게는 그다지 위로가 되지 않았다.

"백성들은 나약하기 그지없는 황제로 여길 것이오. 선

생님도 존경하는 황제, 아, 그쪽은 프레지던트, 대통령이라고 했던가요? 그런 분이 있습니까?"

재황은 자신과 다른 나라의 제왕들을 견주는 화제를 즐겨했다. 제왕학을 공부할 때는 늘 옛 성군들을 본받아 한다고 했지만, 시대가 달라졌으므로 동시대를 살고 있는 제왕들의 정치학에 관심이 많았다.

"폐하와 저는 인연이 깊습니다. 폐하께서 즉위하신 해에 제가 태어났으니까요. 그리고 제가 태어난 해에 미국에서는 역사적인 일이 일어났습니다. 에이브러햄 링컨 대통령이 노예를 해방한 일입니다. 그 분은 그러니까 조선 표현으로 하자면 백성의, 백성에 의한, 백성을 위한 정부는 이 땅에서 영원히 사라지지 않을 것이라고 했습니다. 나중에 성장한 후에 들은 연설문이었지만 정말 감명을 받았습니다."

조선의 노비제 폐지가 미국에 비해 늦긴 했지만, 신문물을 주도하는 미국도 그리 오래 되지 않았다는 점이 재황의 귀에 들어왔다.

"그렇군요. 백성의, 백성에 의한, 백성을 위한 나라라. 그렇게 되면 백성들의 존경을 받겠군요. 우리 조선도 대대로 이민위천(以民爲天)이라 해서 백성을 하늘 같이 소중히 여기라 했는데, 짐이 덕이 부족해서 그러지를 못했습니다."

"그렇지 않사옵니다. 폐하께서 백성들을 사랑하는 마음, 저는 감복하고 있습니다. 폐하, 그런데 저를 찾으신 까닭이 있지 않습니까?"

헐버트는 재황의 자책이 심해질까 염려스러워 화제를 돌렸다.

"아, 그렇지요. 일전에 선생님과 함께 온 사환을 만나고 싶습니다."

"결정을 하셨습니까?"

"네. 다만 궁에서는 안 됩니다. 모든 수단과 방법을 동원하여 비밀을 유지할 생각이니 선생님도 그리 알아주십시오. 그 사환에게도 그렇게 전해주시고 준비해서 알려달라고 해주십시오."

"네. 그렇게 전하겠습니다. 저도 이 일에 대해선 죽을 때까지 비밀로 하겠습니다."

"그렇게 해주시면 고맙겠습니다. 이 일은 대한제국의 역사에도 기록되지 않을 일이니까요."

어떻게 또 여기까지 왔을까? 그러고 보니 벌써 10년이 지났구나.

재황은 쌓인 장계 밑에서 낯익은 봉투를 발견했다. 이 봉투의 원 주인은 멀리 청에 억류되어 있지 않는가. 궁궐의 철통같은 수비를 뚫고 어떻게 이곳에 왔단 말인가. 도대체 누가 가져다 두었단 말인가. 중전에게 알릴까 하다가 그냥 먼저 열어보았다. 그런데 그 내용은 이 봉투의 존재보다 훨씬 놀라운 것이었다.

☷

고(蠱)괘.

그릇이 오래되어 벌레가 생겨난 것을 뜻하는 고(蠱), 또는 독(毒)을 의미하기도 한다. 고괘는 산풍고(山風蠱)라는 이름으로, 산 아래에 바람이 부는 형상을 뜻한다. 큰 바람이 불면 장차 큰 우환이 따라오게 되는, 이른바 난국이 예상되는 셈이다. 이 난국을 타개하기 위해서는 혼탁한 상황이 만든 부패를 척결해야 한다. 무엇보다 혁신을 필요로 한다. 그런데 이 괘에서 우려되는 것은 아녀자가 권력을 행사하면 상황이 어려워진다는 의미가 포함되어 있다는 것이다. 물론 주가 되는 타개방법은 아버지의 벌레 먹은 과오를 바로잡는 것, 즉 오래된 폐단을 제거하여 혼란을 다스리는 것을 말한다.

부패와 침체 그 자체에서 벗어나려면 큰 내를 건너야 하는데, 그러기 위해서는 행동에 옮기기 전의 삼일과 옮긴 후의 삼일을 조심해야 한다. 그만큼 신중하게 하라는 의미이다. 왕후 귀족의 일에 빠지지 말고 오직 자신에게 주어진 길을 바르게 감으로써 후회 없이 높은 품격의 삶을 유지할 수 있다는 것이다.

'정말 아버지가 보낸 것일까? 이것이 진정 아버지의 뜻이란 말인가? 정녕 아버지의 뜻이라면 아버지로부터 벗어나라는 의미가 아닌가? 아니지, 또한 중전에게서도 벗어나란 의미이기도 하다. 즉 오로지 나의 힘으로 내 길을 가라는 의미이다. 만일 아버지의 원래 계획대로 되었다면 이쯤 되어서 완전히 내게 물려줄 참이었던가?'

재황은 어느 때보다 이번 괘를 받고 혼란스러웠다. 무엇보다 아버지가 조선에 없는 상황에서 괘를 받고 보니 혼란의 무게는 더욱 크게 다가왔다. 청에서 보낸 것일지를 생각해보았다. 아버지가 청에서 자신을 풀어달라는 서신을 보내는 것을 알고 있다. 재면을 통해서 자신의 억

류를 풀어줄 것을 당부하고 있는 아버지가 바로 자신을 극복하라는 의미의 괘를 보낼 수 있는 걸까? 어떤 면이 아버지의 진실일지 감이 잡히지 않았다. 괘를 두고 아버지와 그가 일치한 적은 처음뿐이었다. 그 다음부터는 괘를 두고 오히려 서로 다른 길을 걷게 되었다.

"전하, 무슨 고민이라도 있으시옵니까? 오늘 내내 용안에 근심이 가득하옵니다."

다음날 중전이 재황의 얼굴을 살피며 물었다. 사실 전날 밤까지만 해도 중전에게 이 괘를 보여줄지 말지 고민을 했다. 어지간한 일은 모두 중전과 상의한 재황이었다. 물론 단 하나, 여인에 관한 부분만 제외되었다. 정사를 논하는 중전과는 아무래도 잠자리가 동하지 않았다. 어떤 면에서는 재황도 숨 쉴 여유가 필요했다. 중전은 자신이 재황을 위해 물 샐 틈이 없이 내조를 한다고 여기고 있지만 재황의 깊은 감정까지 어찌할 수 있는 것은 아니었다. 오히려 중전이 곁에 오래 머물수록 답답함을 느낄 때가 많았다. 다른 일은 대담하지 못한 재황이었지만 여인의 일로는 중전의 허를 찌를 만큼 대담했다. 하지만 그것이 빌미가 되어 중전에게 더 꼼짝할 수 없게 되었다.

그것을 제외하면 중전의 명석한 지혜가 재황에게는 필

요했다. 어쩌면 중전에게 길들여졌는지도 모른다. 재황은 정사에 관한 한 신중한 편이라 생각하는 시간이 길었고, 혼자 결정하는 것에 대한 부담도 컸다. 누군가 함께 결정한다는 것은 책임에 관한 부담도 적어지기 마련인데, 지금껏 그 역할을 중전이 잘해주고 있었다. 물론 그런 만큼 중전이 누리는 권력도 만만치 않았다. 간혹 중전이 국고를 허비하고 있다는 상소도 올라왔고, 대신들도 염려했다.

"내가 사리사욕을 위해 국고를 낭비하는 것이 아닙니다. 왕실의 번영과 내빈 접대 차원에서 운영하는 것입니다. 부족하다면 내탕금으로 해결하면 될 것이 아닙니까?"

중전의 역정에 대신들은 할 말을 잃었고, 언제부턴가 그런 상소는 올라오지 않았다. 중전이 그렇다면 그런 것이라고 생각했다. 중전이 하는 일에 비하면 그 정도의 비용은 큰 문제가 아니라고 여길 만큼 중전에 대한 신뢰는 돈독했다.

그러나 아버지로부터 보내온 세 번째 괘를 차마 중전에게 보일 수는 없었다. 주역의 해석을 통해 자신을 배제하라는 아버지의 뜻을 읽는다면 중전의 화만 더 커질 것이다. 그리고 고괘는 재황 자신에 대한 꾸짖음이기도 했다. 그 괘를 생각하며 정말 자신이 지금껏 잘해온 것인지 되돌아보는 계기가 되었다.

'나는 왜 이제껏 혼자이지 못했는가? 내가 진정 오롯이 조선의 왕 노릇을 하고 있는가?'

계미년에 들어 중전은 아버지가 청에 억류되어 있으니 세 번째 괘는 보내지 못할 거라고 조소를 보내기도 했다. 그런 중전에게 괘를 보여준다면 아마 아버지는 청에서 영영 돌아오지 못할 지도 모른다는 생각이 불쑥 들었다.

"아무 일 없소. 밤에 잠을 설쳐 그런 모양이오. 중전이 과인을 잘 보필하고 있는데 무슨 근심이 있겠소?"

재황은 중전에게 마음을 들키지 않으려다 보니 그녀를 치켜세우는 말을 하고 말았다.

"그리 말씀하시니 더 이상하옵니다. 또 궐 안에 마음에 드는 궁녀라도 있었던 것이옵니까?"

재황을 마치 손바닥에 올려놓고 쳐다보는 듯한 표정으로 중전은 집요하게 파고들었다.

"중전!"

재황은 자기도 모르게 언성을 높였다. 그러자 중전은 더는 묻지 않겠다는 듯이 대전을 나섰다. 아마도 중전은 대전을 나서자마자 궁궐 안의 모든 궁녀들을 상대로 재황과 관계가 없는지 샅샅이 뒤지고 있을 지도 모른다. 차라리 그렇게라도 하면 그동안 혼자 생각하는 시간을 가질 수 있으리라. 군주에게는 그런 고독의 시간이 필요하다는 것을 새삼 깨달았다. 늘 의지의 대상에게 자신이 해야 할 역할을 나누었던 것이 자신의 문제였다는 것을 깨달으며 이 깨달음이 늦은 게 아니길 바랐다.

"아바마마, 소자도 함께 가고 싶습니다. 윤허하여 주시옵소서."

재황은 척에게 향후 계획을 일러주자 척은 자신도 함께 하겠다고 청했다.

"이 일은 기밀을 유지해야 하는 일이다. 태자까지 움직이게 되면 어려워지느니라. 또한 혹시 모를 일에 대비하여 태자는 함녕전을 지키고 있어야 한다."

"요 근래에는 일본과 아라사가 서로 견제하느라 정작 궁에는 감시도 느슨해져 있사옵니다. 소자 마지막으로 뵈올지 모를 할아버님을 꼭 뵙고 싶습니다."

척이 이렇게 고집을 피운 적은 없었다. 척은 제 어미에게 길들여져서 그런지 온순한 편이었다. 평소 원하는 것도 많지 않았다. 태어나면서부터 부족할 것이 없어 그런지 자라면서도 간절하게 원하는 것도 없었다. 과연 제 의

지로 사는 아이인지 걱정될 정도였는데, 이번만큼은 유난
스러웠다.

"태자는 할아버지한테 서운한 마음이 없느냐? 할아버
지는 널 제대로 품은 적도 없지 않느냐? 장손이라고 준용
이만 끼고 돌지 않았느냐? 그리고 그뿐이었냐? 그런데도
꼭 할아버지를 뵙고 싶다는 것이냐?"

척의 마음을 돌리기 위해 할아버지에게 불편할 수는 감
정을 자극해서 말했다. 제 어미와 할아버지의 관계를 들
먹이려다 그만 두었다. 그 일에 대해서는 가급적이면 서
로 말하지 않기 때문이기도 했다.

"그저 뵈옵기만 한다면 좋겠습니다. 말씀은 두 분만 하
셔도 되옵니다."

"네가 그토록 할아버지를 뵈려는 이유를 물어도 되겠느
냐?"

"소자도 할아버지 자손이옵니다. 그것 말고 무슨 이유
가 필요하겠습니까?"

너무나 당연한 이유인데도 당연하게 느껴지지 않았다.

"아직 연통이 오지 않았으니 더 생각해보자."

재황은 척이 할아버지를 마음에 두고 있다는 것을 느꼈
다. 마음속으로 할아버지를 존경하고 있다는 것을, 다만

자신에게 그 마음을 들키고 싶지 않다는 것도 느낄 수 있었다. 만일 황후가 살아 있었더라도 척은 저렇게 고집을 피울 수 있었을지 생각하니 쓴웃음이 흘러나왔다.

고괘를 받은 지 10년이 지났지만 그릇에 생긴 벌레는 다 없어지지 않았다. 재황은 나름대로 고괘의 충고를 받아들여 자신이 생각하는 새로운 개혁으로 조선의 난국을 헤쳐 나가보려고 했다. 그의 원래 뜻이 개화를 통한 부국강병에 있었으므로 영국, 독일, 러시아, 프랑스 등의 열강과 통상협정을 맺었다. 출판기관인 박문국을 설치하고, 한성순보를 발간했다. 종래의 역참제에서 벗어나 근대적 통신제도를 도입한 우정국을 설치했고, 광업을 담당할 광무국을 신설하는 등 근대문물의 혜택을 백성들이 누릴 수 있는 발판을 만들었다. 그리고 근대로 가기 위해서는 무엇보다 교육의 힘을 무시할 수 없어 미국인 선교사 아펜젤러를 통해 근대식 중고등 교육 기관인 배재학당을 설립하도록 했고, 이화학당을 설립했다. 또한 의료의 근대화를 위해 미국 선교 의사 알렌을 통해 광혜원을 설립하게 했다.

그러나 오래된 폐단을 청산해야 하는데, 그 당사자라

할 수 있는 아버지의 등장으로 사태는 예전보다 더 꼬여가고 있었다. 아버지는 갑신년 정변이 있었던 이듬해 을유년에 조선으로 돌아왔다. 재황은 자식 된 처지라 제물포까지 갔는데, 아버지는 애써 아들의 얼굴을 외면했다. 그리고 첩인 추선의 죽음 소식을 듣고는 땅바닥에 주저앉아 대성통곡을 했다. 마치 아들을 향한 서운함을 그렇게 표현하는 것 같아 마음이 무거웠다.

"전하, 소첩이 이런 일이 생길 것 같아 청에 억류되어야 한다고 한 것이옵니다. 어떻게 또 가만히 계시질 않는단 말이옵니까?"

아버지가 청에 잡혀간 보복이라도 하듯 맏아들 재면과 맏손자인 준용을 옹립하려는 계획을 세웠다는 그리 새로울 것도 없는 정보였다. 물론 수면 위로 떠오르지 않았지만 그런 의도가 있다는 보고를 받았다. 그런 소식을 들을 때마다 아버지의 고괘를 떠올리면서 고개를 흔들었다.

임진년 봄에는 운현궁에서 화약이 터졌다. 아버지가 거처하는 노안당이나 재면 부자의 거처에도 폭약장치가 발견은 되었지만 다행히 발화되지 않은 상태에서 발견되었다. 재황은 재면을 통해 운현궁에 자객이 들기도 하고, 폭약의 시도가 빈번했다는 말을 전해 들었다. 그때마다 재황은 얼굴을 찌푸릴 뿐 아무 말도 하지 않았다. 고괘를 통해 청산해야 할 두 세력은 여전히 힘겨루기를 하고 있는 형세이다 보니 혁신은 멀기만 했다. 그리고 계사년에도 낯익다 못해 한눈에 봐도 알 수 있는 봉투가 재황의 손에 들려졌다.

☷
☷

가장 어려운 상황을 나타내는 산지박(山地剝)괘였다. 난괘(難掛) 중에 난괘다.

"이럴 수가? 설마 아버지의 저주인가?"

괘를 대하는 재황은 이 의미를 어떻게 해석해야 할지 난감했다. 매번 괘를 받아들을 때마다 있는 일이지만 이번 역시 당혹스러웠다. 게다가 몰락의 형국을 말하는 산지박 괘가 아닌가. 땅이 흔들려서 산이 붕괴되어 평지가 되니 전체적인 형국은 흉(凶)이라 할 수 있었다. 불행이 다가오고 있음을 예고하는 것이며 심각하게는 조선의 쇠락을 의미할 수도 있다. 이 엄청난 괘를 어찌 감당하라는 건가? 아니면 아버지의 출사표라도 된단 말인가.

석과불식(碩果不食).

그나마 위안이 담긴 말이다. 씨 과실은 먹지 않는다는 의미다. 마지막 남은 열매는 새 나무로 자랄 수 있는 종자로 사용해야 한다. 한 세대가 끝나더라도 후손을 위해 남겨두는 몫은 있어야 한다. 불행 중 다행이라고 한줄기 희망은 있다. 앞으로 벌어지는 상황들은 위기를 넘어 절망의 단계에 이를지 모른다. 재난이 몰려올 것이니 신중한 판단을 해야 하고, 근신도 필요하다.

이번에도 중전에게는 보여주지 말아야 한다고 생각했다. 지난 번 괘도 없었던 것으로 했으니 이번에도 그래야 한다. 아무리 난괘라 해도 스스로 생각해볼 문제다. 더구나 아버지와 중전의 갈등이 최고조로 달하고 있는 상황에서 또 하나의 불씨를 던져줄 수는 없는 노릇이었다.

'아버지는 이 모든 상황을 다 예측하고서 나에게 이런 괘들을 보내는 걸까? 하지만 이 네 번째 괘는?'

문득 재황은 의문이 들었다. 괘들을 살펴보면 아버지로서도 함께 감당해야 할 일들이라고 볼 수 있다. 그에게 모두 던져놓을 일만은 아니라는 말이다. 특히 산지박 괘라면 더 그렇다. 무엇보다 조선이 쇠락의 길을 걷는다는 것은 누구보다 아버지가 원치 않는 일이기도 했다. 아버지의 괘는 두 번째까지이고, 세 번째부터는 전혀 다른 이가 보낸 것은 아닐지 의문이 들었다.

그 의문은 갑오년에 들어서 더 깊어졌다. 갑오년 봄, 호남에서 동학도와 농민들이 폐정개혁(弊政改革)을 내걸고 민란을 일으켰다. 고부군수 조병갑의 지나친 가렴주구에 항거하여 농민들이 폭발을 한 것인데, 이미 동학도인 전봉준에게 감화 받은 농민들이 많았다. 전봉준은 운현궁의 식객이었는데, 이미 오래 전부터 운현궁과 내통하고 있다는 말이 된다. 농민들의 민란은 그들만의 이유가 있다 하더라도 그것을 이용해 중전과 민씨 척족을 축출하려는 아버지의 의도가 재황을 분노하게 했다. 하다못해 농민들의 민란까지 이용해서 다시 권좌에 오르려는 그 욕망에 치가 떨렸다. 그런 일련의 일들이 모여져 조선이 쇠락을 면치 못하게 된다면 과연 아버지는 만족할 것인가.

재황과 조정에서는 민란을 제압하기 위해 청에 파병을 요청했다. 그러자 일본에서도 군사를 파견하여 조선은 청일의 싸움터로 변해갔다. 이미 임오년에도 청에 도움을 청하자 일본에서도 자신들에 대한 책임을 요구하기도 했다. 그리고 그 와중에 일본은 아버지를 앞세워 경복궁에 들어와 민씨 세도를 무너뜨렸다.

"그렇게도 이 자리에 오고 싶어 하셨는데, 참 좋으시겠습니다. 대감?"

중전은 이미 아버지를 대감이라 불렀다. 그만큼 중전과 아버지의 골이 깊어졌다는 것을 그리고 모를 리 없었다. 자신도 아버지에 대한 감정이 좋지 않은데, 차마 아버지라 어찌 할 수 없었던 것이다. 그래도 중전이 아버지를 비아냥거리는 모습은 왠지 거부감이 느껴졌다. 세 번째 괘 이후부터 중전에 대한 마음에 실금이 가는 것을 느꼈던 재황이었다. 어쩌면 자신은 두 사람에게서 벗어나는 것이야말로 진정한 군주가 되는 것이라고 느끼고 있었다. 하지만 어느 쪽과도 관계를 끊어내지 못하는 자신이 스스로도 마음에 들지 않았다.

아버지는 일본의 입김이 강한 갑오개혁을 탐탁지 않아 했다. 아버지라면 그럴 법도 했다. 어떤 이유에서인지 모르지만 비록 일본과 손을 잡기는 했지만 일본이라면 청이나 서양의 어떤 나라보다 싫어하는 아버지였다. 그런 점에서 아버지의 계획은 따로 있는 듯 했다. 들어온 정보에 의하면 아버지는 자신과 중전을 폐하고 적손자인 준용을 왕위에 앉히려 한다는 것이다. 그리고 동학농민군, 청국군과 손을 잡고 일본군을 협공하여 축출하려는 계획을 비밀리에 세워 진행하고 있었던 모양이다.

그러고 보면 이제 아버지에게 운이 따라주는 시기는 지난 모양이다. 기회만 되면 의욕에 넘쳐 정치를 해보려 했지만 번번이 실패하거나 오래 가지 못했다. 이번에도 일본 공사관의 첩보망에 걸려 실패로 돌아갔을 뿐만 아니라 청일전쟁에서 일본이 이기는 바람에 모든 것이 수포로 돌아갔다. 결국 아버지는 일본 공사관에 소환되었고 그 계획에 대해 추궁을 당했다.

"차라리 잘 되었습니다. 전하께서 청에 보낸 밀서를 일본 측이 문제 삼지 않는다는 조건으로 대원위대감을 내리셨으니 말이옵니다."

중전은 조금은 고소하다는 표정을 지으며 말했다. 가끔 그런 표정이 간담을 서늘하게 했다. 만일 중전이 자신의 편에 서지 않고 적으로 대했다면 중전은 무서운 존재였을 거라고 생각했다.

"어찌 전하를 폐위를 시키려 했단 말이옵니까? 이제껏 일들이 다 사실이 아니옵니까?"

중전은 재황에게 확인하려는 듯 재차 지금껏 의문점으로 남은 일들을 낱낱이 읊어댔다. 중전의 총기가 두드러질 정도로 상세했다. 여전히 조선에 불리한 상황이라는 것을 잠시 잊고 있는 듯 했다.

　일본은 재황도 아버지도 아닌 김홍집을 통해 자신들의 경장사업을 추진했다. 박영효와 서광범 등의 개화파들은 이준용 역모사건을 이용하여 운현궁파를 일소하려고 준용과 그 잔당들을 사형에 처하려 했다.

　"이 기회에 싹을 없애야 합니다. 다시는 역모를 꿈꾸지 못하게 말입니다."

　중전은 독이 가득 찬 표정을 다시 보게 되었다. 잡초의 싹을 없앤다고 이것저것 가리지 않고 뽑았다가 약초까지 뽑아버릴 수 있는 문제였다. 지금껏 그렇게 사라진 인재들이 한둘이 아니었다는 것을 새삼 느끼게 되었다. 빈대 잡으려다 초가삼간 태우는 꼴을 몇 번이나 더 치러야 한단 말인가.

　"그게 반드시 좋은 일이라고만은 할 수 없소. 일본이 조정을 쥐고 흔드는 일인데, 잘한다고 할 수 있는 것은 아니란 말이오. 싹을 없애든 말든 그건 우리가 해야 하는 일이거늘 우리는 지금 손 놓고 구경만하는 꼴이 아니오. 길을 찾아야 합니다. 일본이 저토록 방자하게 나오지 않도록 말입니다."

　늘 산지박괘를 의식하고 있어서인지 불안감이 마음에

서 떠나지 않았다. 낭떠러지 위에 서 있는 일촉즉발의 기분을 중전이 알지 못한다고 생각하니 더욱 초조해졌다.

"전하, 방법이 없지 않사옵니다. 이이제이라 하지 않았습니까? 아라사가 있지 않습니까? 청보다는 아라사의 힘이 더 낫습니다."

다른 때 같으면 혜안이 뛰어나다고 박수라도 쳤겠지만, 언젠가부터 중전의 편벽한 행보가 눈에 거슬렸다. 이이제이를 하는 입장에서는 그 수단이 드러나지 않아야 하는데, 청으로, 일본으로, 아라사로 갈아타는 모습이 너무 드러난 게 문제였다. 그렇게 되면 결국 적을 만들게 된다.

아버지의 간청으로 준용은 사형을 면하고, 일본영사관 영사로 임명되어 떠나게 됐다. 그리고 그 대신 아버지는 운현궁에서 꼼짝할 수 없게 되었다. 재황으로서도 '대문에 총순, 순검으로 입직케 한다.' '대소신민이 칙명 외에는 감히 사적으로 알현치 못한다.', '출입할 시에는 궁내부에 먼저 알려 궁내부관원으로 배종케 하고 입직하는 총순, 총검도 경위케 한다.'는 데에 동의할 수밖에 없었다. 단지 일본의 요청이 아니라 누구보다 중전이 그렇게 되기를 원했다.

"태자, 까치밥이 뭔 줄 아느냐?"

"까치가 먹는 밥이옵니까? 소자, 처음 들었사옵니다."

"그럴 테지. 한 번도 본 적이 없을 테니 말이다. 나는 어릴 때 까치밥을 본 적이 있다."

"잠저에 계실 때 말이옵니까?"

"그래. 내게는 형제 같은 벗이 있었단다. 물론 그는 우리 집의 노비였지. 나는 그에게 글을 가르쳐주었고, 그는 내게 세상을 가르쳐 주었단다. 어느 날 둘이 밖에 나갔는데, 감나무 꼭대기에 홍시가 몇 개 달려 있었어. 너무 먹음직스러웠지. 그때는 왜 그리 배가 빨리 고팠던지 그 홍시를 꼭 먹고 싶은 거야. 그래서 그에게 홍시를 따 달라고 했어. 헌데 안 된다고 하는 것이야."

배고픈 어린 시절이 있었다는 것이 재황 스스로도 실감이 나지 않았을 뿐더러 척에게 그 때 일을 이야기하는 것도 현실감이 멀게 느껴졌다. 그런데도 자신이 경험하지 않은 일이 궁금한지 척은 호기심이 가득한 눈으로 말했다.

"노비라면서 어찌 상전의 말을 거역한답니까?"

"나 또한 그리 생각했고, 역정을 냈지. 그런데 그가 하는 말이, 저 홍시는 까치밥이라서 사람이 따 먹는 것이 아니옵니다. 라고 하더구나. 가을 지나 겨울이 오면 먹을 것이 없는 까치나 까마귀가 먹도록 남겨둔다는 거야. 그리 말하는데 어찌 그 홍시를 따 달라고 하겠느냐. 예부터 우리 조상들은 자연과의 상생을 추구하며 살았느니라. 한낱 짐승들을 위해서도 한두 개의 홍시를 놓아두는 온화한 마음을 가지고 있었지."

척은 까치밥이 무엇인지 알겠다는 듯이 고개를 끄덕였는데, 이내 왜 그런 말을 하는지 궁금하다는 듯이 그를 쳐다보았다.

"척아, 우리는 조선의 백성들을 위해 무엇을 남길 수 있겠느냐? 우리가 남겨야 하는 까치밥은 무엇이더냐? 주역에 석과불식(碩果不食)이라는 말이 있다."

"씨가 있는 과실은 먹지 않는다는 말이옵니까?"

"그렇다. 아무리 쇠락의 길을 걷더라도 다시 자랄 수 있는 씨앗을 남겨두어야 한다는 뜻이기도 하지. 이대로 조선을 무너뜨리게 할 수 없다. 내 너에게 그런 씨앗을 남겨줄 수 있을지 모르겠구나."

요즘 들어 재황은 아들에게 자신은 어떤 아버지인지 자주 생각하게 된다. 자신의 아버지를 만난다는 생각에 역시 아버지인 자신을 되돌아보는 기회가 된 것이다. 그런 아버지의 마음을 아는지 모르는지 척은 무엇인지 말을 하려다 잠시 생각에 잠겼다. 그러더니 갑자기 재황 앞에 무릎까지 꿇으며 말했다.

"소자 또한 아바마마의 까치밥이 되지 못한 점이 송구할 따름이옵니다. 까치가 찾기도 전에 힘을 잃고 땅으로 떨어지는 것은 아닌지, 나약하기만 한 소자를 용서하옵소서."

척은 울고 있는지 어깨가 가볍게 들썩였다. 무엇이 저 아이를 저토록 나약하게 만들었단 말인가. 그 답은 재황 자신에게 있다는 걸 모르지 않았다. 입으로는 강한 조선을 외치면서도 정작 장기판의 졸의 모습을 아들에게 보여주고 있지 않은가. 그러니 척은 까치밥조차도 남지 않을까 봐 두려워하는 것이 아니겠는가.

"태자, 일어나라. 어찌 네가 부족한 탓이라 여기느냐? 이 아비의 덕이 부족한 탓이로다. 내가 조선의 왕으로서 어리석음을 일찍 깨닫지 못하고 여기까지 온 것이니 네 탓이 아니니라. 허나 아직 끝나지 않았다. 지금부터라도 우리가 조선을 위한 씨앗과 까치밥을 남겨야 하지 않겠느냐?"

"전하, 소첩 불안하옵니다. 낌새가 좋지 않사옵니다."

이미 한번 죽음의 위기를 맛본 중전이었다. 전해진 연통에 의하면 일본 공사관에서 중전을 노리고 있다는 것이다. 중전은 너무 많은 적을 만들었다. 처음부터 적이었던 세력들도 있었지만 함께 정사를 도모했던 이들까지 등을 돌리게 한 것이 문제였다. 위정척사파, 동학 농민군, 개화파, 그리고 운현궁까지 사방이 중전의 적이었다. 언젠가부터 재황도 그런 중전의 행보에 적이 우려가 되었다. 그런 그들이 합심해서 일본과 함께 중전을 몰아내려 한다는 첩보가 들어왔다.

"설마 큰일이라도 있겠소? 그렇다 한들 사전에 치밀하게 준비하면 되지 않겠소? 임오년의 재치를 발휘해 봅시다."

임오년에는 임기응변이 통했지만 다시 그런 행운을 만날 수 있다고 장담할 수는 없었다. 그때만 하더라도 중전을 도울 수 있는 이들이 많았다. 하지만 지금은 달랐다. 그럼에도 그렇게 중전을 위로할 수밖에 없었다. 재황은 중전을 보호할 수 있는 무사들을 은밀히 모았다. 만일의 경우를 대비해서 복안을 세워두었다. 그러나 일이 언제 어떻게 되어갈지는 두고 볼 일이었다. 여느 때와 다르게 중전의 불안은 더해만 갔다.

"전하, 혹여 일이 잘못되어 소첩이 다시 궁으로 돌아올 수 없더라도 세자를 지켜주옵소서. 세자만이 소첩의 희망이옵니다."

이번만은 중전도 그 심각함을 느끼는 모양이었다. 평소 보이던 당당함은 간 데 없고, 불안하기 짝이 없는 모습이었다. 어느 여염집의 아낙과 다를 바 없는, 지금껏 중전의 모습 중 가장 약한 모습이었다.

"그런 말 마오. 그리 약한 소리를 하는 것은 중전답지 않습니다. 마음을 강건히 하세요. 그리고 중전의 청이 아니더라도 세자는 과인에게도 소중하오."

중전은 절이나 무속을 가까이 한 탓인지 급박한 상황에서는 그런 예감이나 촉을 믿는 편이었다. 궐에 들어왔던 무당들이 차마 중전 앞에서 흉한 점괘를 말하지 않았더라도 그 표정으로 알아채는 그녀였다. 아무래도 무언가 들은 소리가 있는 모양이었다.

을미년 팔월 스무날, 결국 끔찍한 일이 벌어지고 말았다. 느닷없이 아버지가 강녕전에 나타난 것으로 일이 시작된 것은 아닌지 싶었다. 운현궁에 있을 아버지가 마치 저승사자의 모습을 하고 나타났다. 재황이 한 번도 본 적이 없을 만큼 어두운 얼굴을 하고 있었다. 그래서 뭐라 역정을 낼 수도 따질 수도 없었다. 참혹한 일을 많이 겪었던 아버지였지만 그날만큼 어둡고 싸늘한 빛을 띠지는 않았다. 함께 있고 싶지 않아 재황은 대전으로 갔다. 그리고 혹여 그런 일이 벌어지지 않기를, 마음속으로 중전이 무사하기만을 바랐다.

참혹한 밤이었다.

"전하, 이 일을 어찌 하면 좋사옵니까?"

상선의 당황한 몸짓과 고하는 소리에 설마 했던 일이 벌어지고 있다는 것을 짐작할 수 있었다. 당장이라도 중전에게 뛰어가려 했지만, 재황이 움직일 수 있는 상황이 아니었다. 밖에는 이미 그를 막는 이들이 대전을 지키고 있었다. 멀리서 들려오는 소리에 귀를 기울이며 아무 것도 할 수 없는 자신에 대해 분노가 치밀어 올랐다. 어찌하여 조선을 이런 꼴로 만들었단 말인가? 한 나라의 국모를 다른 나라의 군사들이 사냥하듯 능욕하는 일을 듣고만 있어야 하는지, 그리고 그런 일을 함께 도모한 이들이 이 나라의 신하들이며 왕실 종친이라니! 지금껏 부국강병을 외치며 했던 개화의 일들이 결국 제 발을 찍게 되는 일이었단 말인가. 이게 조선인가? 이게 왕인가? 터질 듯한 머리를 움켜쥐며 자신도 모르게 신음만 토해내고 있었다.

"전하, 전하!"

재황을 부르는 소리에서 사태가 어찌 되었는지 알 것 같았다. 정녕 기다리는 소식은 전해지지 않았다. 더 기다려야 하는가. 중전이 그들에 의해 능욕을 당하지 않았을 거라고 애써 믿었다.

2개월여가 지난 뒤에야 중전의 서거를 발표했다. 그 2개월 동안 재황은 정신을 차릴 수가 없었다. 늘 곁에 있던 중전의 부재가 낯설기만 했다. 자신에게 지나치게 집착하는 중전이 때론 부담스럽기도 했지만 30년 가까이 의지하고 살았던 부인이었다. 때론 어머니처럼 때론 누이처럼 때론 충실한 신하로 자신을 보좌해 온 중전이 이젠 곁에 없다고 생각하니 가슴에서 찬바람이 부는 것만 같았다. 중전의 존재는 그의 생각보다 훨씬 컸다. 그리고 그것은 자신의 무능을 반증하는 것이기도 했다.

일본에 의한 중전의 시해가 알려지면서 의병이 일어났다. 궁궐로 문상을 온 외국인들은 하나같이 일본을 비난했다. 그러나 그것은 예의에 지나지 않는다는 것을 재황도 알고 있었다. 한 나라의 국모가 다른 나라의 군사에 의해 시해되었다는 것은 국제적인 사건이었지만 규탄만 할 뿐 실질적인 힘이 되어주지 못했다. 여러 열강들과의 조약이 한낱 종이에 불과한 것인지, 무엇을 위해 수교에 힘을 썼는지 후회가 들기도 했다. 그만큼 그 어떤 것도 그의 마음을 위로해주지 못했다. 그들이 중전만 죽인 것이 아니라 자신도 조선도 죽인 것만 같았다. 중전을 시해한 일본은 염치는 내버려둔 채 경복궁을 장악했고, 재황은 아무런 힘을 쓰지 못하는 왕이 되어 있었다.

'산지박괘가 맞아떨어진 셈이군. 정녕 조선은 몰락의 길로 가고 있는 거란 말인가? 이대로 패왕이 될 수는 없다. 백성을 위해서도 앞으로 조선을 이끌어갈 세자를 위해서도 다시 조선을 일으켜 세울 발판을 만들어 둬야 한다. 이대로 물러설 수는 없다.'

재황은 지금이야말로 온전히 스스로 위기를 헤쳐 나가야 하는 결정적 시기에 자리하고 있음을 깨달았다. 중전도 없고, 아버지도 유폐되고, 신하들도 일본과 가까운 이들 뿐이다. 산지박 괘가 몰락을 예고했다면 거기서부터 다시 시작하리라 결심했다. 끝이, 끝이 아니게 하려면 새로운 시작을 할 수 있는 발판을 만들어야 한다.

'그래도 과인은 아직 조선의 왕이다.'

재황은 자신이 활용할 수 있는 모든 수단을 동원하기로 했다. 그리하여 병신년 2월, 그는 세자를 데리고 아라사공사 웨베르와 미국대리공사 알렌 등의 협조로 아관으로 몸을 피신했다.

"세자, 오늘을 잊지 말거라. 조선의 왕과 세자가 궁을 버리고 떠나야 하는 이 치욕을 절대 잊어서는 안 된다. 와신상담하는 마음으로 우리는 궁을 떠나는 것이다. 다시 돌아오기 위해 아관으로 가는 것이다."

경복궁을 벗어나 아라사 공사관으로 몸을 피할 수밖에 없는 현실에 대해 세자도 뼈저리게 느껴야 다시 돌아오려는 힘을 키울 거라고 생각했다. 일본을 견제할 수 있는 힘을 가진 아라사를 선택하는 것이 최선이라고 보았다.

헐버트가 사환을 대동하고 재황을 찾아왔다.

"저는 태자 전하와 차를 마시고 있겠습니다."

헐버트는 자리를 피했다.

"너를 다시 보게 되었구나. 그래, 계획은 어찌 되느냐?"

"이틀 후로 잡았사옵니다. 여기를 보시면 되옵니다."

수돌은 계획이 적힌 문서를 재황 앞에 두었다. 그는 문서를 들고 꼼꼼히 읽었다.

"계획은 네가 짠 것이냐?"

"계획이라고 하기도 황공하옵지만 소인이 대감마님과

의논하여 만든 것이옵니다."

"글은 누가 썼느냐?"

"소인이옵니다. 대감마님께옵선 붓을 잡기 힘들어 하셔서 소인이 썼사옵니다."

"힘이 넘치는 구나. 아버지께 배웠느냐?"

"대감마님께서 직접 가르치시는 않으셨고, 곁에 오래 머물다 보니 소인도 모르게 따라한 것이옵니다. 황공하옵니다."

"한 사람을 더 대동해도 되겠느냐?"

수돌은 잠시 생각하더니 눈을 반짝였다.

"아뢰옵기 황공하오나 혹여 태자 전하이옵니까?"

"그렇다. 어찌 그리 생각하였느냐?"

"아뢰옵기 황공하오나 대감마님께서도 태자 전하를 뵙기를 바라셨사옵니다."

이 말을 척이 들었다면 아마 무척 기뻐했을 거라 생각했다.

"그래? 조손이 마음이 통하였나보구나. 그럼 태자까지 대동해도 문제없겠느냐?"

"소인 폐하의 명을 따르겠사옵니다."

수돌 또한 기쁜 듯이 밝은 표정으로 답했다. 아버지가

척을 만나는 일을 수돌이 더 기뻐하는 것 같았다.

"수돌아, 너는 아버지의 까치밥이로구나."

"네?"

수돌은 그 말의 의미가 생각이 났는지 어렴풋이 기억을 더듬는 듯 했다. 그리고 살짝 미소를 지었다.

"일을 마치고 나면 짐이 헐버트 선생의 사환이 아니라 짐의 옛 벗으로 너를 부르마."

"성은이 망극하옵니다."

괘의 비밀

내 몸을 내가 짊어지니 가볍지 않아, 나라 일에서 물러나 한가한 날 술잔만 기울이네.

지난 일 모두 꿈같이 허무하고, 여생을 세상 인정에 맡기니 부끄럽구나.

두메에서 나막신 신고 백성들 얘기 듣기 구수하고, 냇가 버들의 매미소리 시흥을 돋우네.

백년의 내 삶을 자질구레하게 따져 보니, 전생이나 이승이나 다 헛된 웃음뿐이로구나.

吾負吾身任不輕 退公閒日酒樽傾 從知往事皆吾夢

惟愧餘年任世情 理展山村俚談好 聞蟬溪柳古詩成

細論百歲安排地 我笑前生又此生.

건너 앞산이 북망이어서 그런지, 자꾸 예전에 지었던 시가 떠오르는 하웅은 '아소당(我笑堂)'을 나직이 읊었다. 자신의 처지와 딱 맞아떨어지는 시다. 팔십 인생을 살면서 자신만큼 굴곡과 부침이 심한 이가 또 있겠는가 싶으니 회한이 몰려왔다.

"대감마님, 폐하께서 드디어 윤허하셨습니다."

며칠 전 수돌이가 전하는 말을 듣고 순간 다리가 풀리는 느낌을 받았다. 그토록 기다리던 일인데, 기쁨보다는 통한이 먼저 전해졌다. 만나고 헤어짐이란 일들이 모두 허망하게 느껴졌다. 그러나 그보다 자신에게 주어진 마지막 일이라고 애써 마음을 다잡았다.

"모든 걸 네게 맡기마."

"어찌 그러시옵니까? 대감마님께서 하명을 하셔야지요."

"아니다. 너라면 내 속을 훤히 알 터이니 네가 알아서 해라. 나는 머리도 마음도 비워둬야겠구나."

진심으로 수돌을 믿었다. 그만한 능력이 있는 수돌이니

230
231

알아서 잘 할 거라고 생각했다.

"다만 원이 있다면 태자를 보고 싶구나. 할아비라고 제대로 한번을 안아주지 못했는데, 미안한 마음으로 떠나고 싶지 않구나. 물론 그 아이가 원치 않으면 어쩔 수 없지 않겠느냐. 태자는 크게 마음에 둘 것 없다."

하응은 말을 하고 보니 염치가 없어졌다. 완화군이나 준용은 할아버지의 사랑을 받고 자랐지만 태자는 그렇지 못했다. 중전이 낳은 아이어서 안아볼 기회가 없긴 했지만 그렇다고 마음에 두지 않았던 것은 아니다. 제 어미의 치마폭에 싸여 있었다면 자신을 원망할 것이라 여기니 마음이 더 아팠다. 아들도 아비 마음을 제대로 몰라 그 세월을 외면하고 살았는데, 손자에게 바랄 것이 없다고 생각했다.

'늙어 죽을 때가 되니 주책만 느는 구나!'

경운궁에 들어간 수돌이 돌아왔다.

"대감마님, 기쁜 소식이 있사옵니다. 태자전하께서도 행차를 하신다고 하옵니다."

수돌은 그가 무엇보다 이 소식을 기다린다는 것을 알고 있다는 듯이 가장 먼저 아뢰었다. 하응 또한 기쁜 마음을 숨길 수는 없었으나 염치는 챙겨야 했다.

"네가 먼저 말하였느냐?"

"아니옵니다. 폐하께서 먼저 말씀하시었습니다. 태자 전하께서 대감마님을 뵙고 싶어 한답니다."

"그래? 태자가, 태자가 그랬단 말이지."

수돌이 앞에 있는 데도 주책없이 흐르는 눈물을 주체할 수가 없었다. 수돌은 전처럼 말리지 않았다. 하응이 진정될 때까지 기다렸다가 이틀 후의 일정을 전하며 그가 해야 할 일에 대해 말해주었다.

이른 아침부터 까치가 울었다.

'빗소리도 임의 소리, 바람소리도 임의 소리, 아침에 까치가 울어대니 행여 임이 오시려나. 삼경 되면 오시려나~'

문득 채선이가 부르던 소리 한 구절이 떠올랐다. 물론 채선이가 기다리던 임은 하응이 아니었다. 자신을 소리꾼으로 키워주고 마음을 준 스승 동리 신재효였다. 채선의 소리가 너무 좋아 다른 첩들처럼 곁에 두었는데, 늘 눈길은 다른 곳에 있었다. 하응이 한창 기고만장할 때라 알면서도 보내지 못하였는데, 재황의 친정으로 폐고(廢錮)가 되면서 직곡으로 내려갈 때 도망을 쳤다. 춘향가의 '기생점고'를 가장 잘하는 채선이었지만, 그 소리를 할 때는 어찌나 구슬프던지 때론 역정을 부리기도 했다.

"아버님 찾아 계시 온지요?"

"오냐. 오늘 아소당으로 갈 것이니라. 그곳에서 남은 시간을 보낼 것이다."

"소자가 모시겠습니다."

"아니다. 번잡스럽게 할 것 없다. 수돌이랑 먼저 갈 것이니, 너는 며칠 후에 부르면 오너라."

"환후 중이신데 어찌 수돌이에게만 맡깁니까?"

"그리 생각할 것 없다. 그보다 너는 직곡에 가서 내 그림들을 다 가지고 오너라. 마지막으로 난을 보고 싶구나."

이는 수돌이가 짠 계획에 포함되어 있는 것이었다. 하응은 태어나서 처음으로 아랫것이 시키는 대로 했다. 마지막 소원이라는데 재면이라고 따르지 않을 수 있겠는가.

"대감마님, 준비 다 되었습니다."

"알았다."

하응은 자신과 함께 한 시대를 풍미했던 운현궁을 둘러보았다. 한때는 조선의 역사를 만들던 곳이었는데, 이제는 역사의 뒤안길로 자리하게 될 것이다. 스승 추사의 글씨를 따라했던 현판들을 보니 감회가 새로웠다.

'이제 다시는 못 보겠구나.'

준비된 사인교에 올라타자 재면이 배웅을 했다.

"아버님, 곧 찾아뵙겠습니다. 수돌아, 잘 모시거라."

수돌은 재면에게 고개를 숙이고 가마 앞에 섰다.

"자, 가세."

마포 공덕리 아소당으로 향하던 가마는 수돌의 말에 따라 방향을 틀었다. 수돌은 하응의 가족들에게 아소당으로 가는 것으로 해두고 다른 곳을 먼저 들르자고 했다. 그래서 지금 그곳으로 가고 있었다. 그곳에서 먼저 자리를 잡고 쉬고 있으면 해가 진 뒤 재황 부자가 올 것이다.

"대감마님, 아직 시간이 이르오니 편히 쉬십시오. 곧 탕약을 대령하겠습니다."

이곳은 오랜만에 찾은 또 하나의 별서(別墅), 석파정이었다. 하응의 아호를 붙인 곳이다. 철종 때 영의정을 지낸 김흥근이 별서를 지어 삼계동정자(三溪洞亭子)라 불렀던 곳이었는데, 하응이 이곳을 마음에 들어 해 정자를 팔기를 청했으나 거절했다. 그래서 하응이 꾀를 부렸다. 재황과 함께 묵으면 임금이 묵고 간 곳이라 신하가 살 수 없게 된다. 그래서 지금의 석파정이 되었다.

"이곳에서 피는 봄꽃은 이제 더는 볼 수 없겠구나. 매화를 보는 것마저도 헛된 꿈이겠구나."

탕약을 들고 온 수돌에게 한탄을 하듯 말했다.

"그런 말씀 마시옵소서. 곧 매화도 필 터이니 꼭 보실 수 있으실 겁니다. 저녁에 폐하를 뵈시려면 쉬셔야 합니다. 대감마님의 약한 모습을 보시면 폐하도 태자전하도 슬퍼하십니다."

수돌이 말처럼 재황 앞에서 나약한 모습을 보이지 않기 위해 힘을 모으고 있는 중이었다. 그러나 잠이라도 들면 다시 깨지 못할 것 같은 두려움에 편히 쉴 수도 없었다. 어쩌면 그보다 앞으로 끝없이 잠을 잘 거라는 생각에 촌음조차 아깝다는 생각이 더 컸는지도 모른다.

벽 쪽으로 등을 기대고 저녁 무렵에 있을 재황과의 만남을 떠올렸다. 산처럼 쌓인 자신에 대한 원망을 어찌 풀어야 할 것인가. 자칫 변명으로 남게 될 지도 모를 무수한 이야기들을 다 할 수 있을까. 꼭 들려줘야 하는 이야기만 정리를 해보았다.

"대감마님!"

설핏 잠이 든 모양이었다. 수돌의 부름에 눈을 떠보니 어느새 어스름이 지고 있었다.

"그래, 내가 잠이 든 모양이로구나."

"오셨습니다."

재황이 왔다는 말에 하응은 의관을 정제했다. 하응의 손짓에 수돌은 문을 열었고, 이윽고 재황 부자가 들어왔다. 하응과 의관이 다른 두 사내가 하응 앞에 섰다. 그리움에 익숙해지다 보니 현실이 생소하게 느껴졌다. 마치 눈앞에 있는 두 사람이 오히려 꿈인 듯 싶고, 자신의 그리움 속에 있던 두 사람이 낯익은 것처럼 느껴졌다. 하응은 여러 가지 감정으로 가슴이 먹먹해지는 것을 애써 참았다.

"예까지 행차하느라 고생들이 많았겠군요."

"아버지, 소자 문후 여쭈옵겠나이다."

하응의 손사래에도 불구하고 두 부자는 절을 올렸다.

"태자로구나. 이리 장성하였구나. 할아비가 못나서 우리 태자 재롱도 못 보고 훌쩍 세월만 보내 버렸구나."

하응은 척의 손을 어루만지며 말했다.

"할아버님, 어서 쾌차하시옵소서."

척의 눈빛은 많은 말을 담고 있는 듯 했지만, 자신의 자리가 아니라는 것을 알았는지 말수를 줄였다. 밖에서 수돌이 기침을 하고 안으로 들어왔다. 차를 내고는 고개를 숙이고 나갔다. 수돌은 오늘 밖을 지키는 임무를 맡았다. 방안에는 삼대가 마주하고 있었다.

"내가 주상을 찾은 것은."

자칫 어색해질 수 있는 분위기가 될 수 있어 하웅이 먼저 말을 꺼냈다.

"아버지, 지금 이 자리는 저희 삼대만 모였으니 그냥 편하게 하대를 하시옵소서. 예전 사가에 있을 때처럼 이름을 불러주옵소서."

하웅이 말을 다 잇기도 전에 재황이 나서서 제안을 했다. 아무래도 허심탄회하게 이야기를 나누자는 의미로 들렸다.

"그래도 한 나라의 황제에게 어찌 그럴 수 있겠는가? 법도가 있는 것을."

"아니옵니다. 법도로 치자면 천륜이 먼저겠지요. 소자도 이름 부르는 걸 듣고 싶사옵니다. 왕위에 오른 후 누구도 제 이름을 불러주지 않아 그리웠습니다. 그러니 편하게 말씀하셨으면 합니다. 어차피 여기는 기록할 이도 없지 않습니까?"

"알았다. 내 너를 찾은 것은, 너도 들어 알겠지만 살날이 머지않았음이다. 내가 편하게 세상을 뜨고 싶어 그러느냐고 묻고 싶겠지만, 그보다는 우리 부자에 얽힌 오해든 은원이든 풀어야 재황이 너나 척의 앞길이 그나마 낫지 않겠나 싶어서였다. 물론 일반 사가였다면 묻고 가도 그만이겠지만, 우리는 세상과 다르기 때문이니라. 또한 재황이 너 역시 아비에게 쌓인 원망도 많을 테이지만, 네가 모르는 일도 있어 한 번은 봐야 한다고 생각했다. 몸이 성할 때는 워낙 내 뜻을 왜곡하는 이들이 많아 다가갈 수 없었지만, 죽을 날을 받고 보니 주책 정도로 여겨주니, 그도 좋은 점이더구나."

척은 할아버지 얼굴을 마주하면서 한 마디도 놓치지 않을 듯 집중하고 있었다.

"아버지, 환후도 깊으시니 소자 여쭈고 싶은 몇 가지만 말씀드리겠습니다. 먼저 소자 궁으로 올 때 주신 괘에 관한 것이옵니다. 돌이켜 생각해보니 아버지께서 10년 주기로 괘를 보낸다고 하셨습니다. 정말 그렇게 받았습니다. 소자 학문이 깊지 못해 다 이해하지 못한 면도 있겠지만, 괘의 해독과 아버지께서 하시는 바가 대로 맞지 않는다는 느낌을 받을 때도 종종 있었습니다. 그리고 때로는 너무나 시기적절하게 맞아떨어졌고 말입니다. 그 괘는 아버지께서 모든 것을 예상하고 소자에게 보낸 것이옵니까?"

재황의 물음에 하웅은 오히려 환영이라도 하듯이 얼굴빛이 밝아졌다.

"네가 마침 맞게 그 질문을 해주었구나. 그 괘에 얽힌 이야기를 말해준다면, 어쩌면 네가 나를 조금이라도 이해할 수 있을지 모르겠구나. 그 괘는 내가 쓴 것이 아니다."

"네에? 분명 아버지께서 소자에게 주신 것이잖습니까?"

놀란 쪽은 재황이었다. 그 괘로 인해 잠 못 이룬 밤도 많았는데, 아버지가 쓴 것이 아니라니 조금은 허망한 마음도 들었다.

"처음 것은 내가 준 것이 맞고, 나머지도 내 손을 떠나 전달하게 한 것은 내가 맞지만, 그 괘를 만들고 그 시기에 맞게 뜻을 부여한 이는 내가 아니란 말이다. 그리고 그 괘는 네가 보위에 오르기 전부터 준비되어 있었단다."

재황은 점점 더 알 수 없다는 표정을 지었다.

"도대체 누가?"

"나는 이미 네가 보위에 오를 때 알려주었다. 생각나는 것이 있느냐?"

재황은 35년 전의 기억을 되살리려는 듯 손으로 머리를 짚었다.

"그때 아버지께서 괘를 주시기는 했지만, 괘에 관련된 인물에 대해선 말씀하지 않으셨습니다. 다만, 세한도를 그리신 추사 선생님, 설마 그 분이옵니까? 그 분은 글씨와 그림에 능하신 분이 아니옵니까?"

"그래, 추사 스승님은 내게 글씨와 그림을 가르쳤던 분이시다. 허나 내가 그분 문하에서 배운 것은 시서화만이 아니다. 그 분은 모든 학문에 능통하셨다. 우리 조선 역사에는 뛰어난 분들이 많지만, 다방면에 천부적인 재능을 가진 분을 꼽는다면 나는 매월당 김시습과 추사 김정희 선생님이라고 생각한다. 아무튼 그 분은 역학에도 매우 해박하셨어. 당신 사후의 조선에 대한 예견을 하셨던 거지."

하응의 말에 재황은 입을 다물지 못했다. 척은 할아버지와 아버지 사이에서 뭔가 흥미로운 이야기가 전개된다고 여기는지 양쪽을 번갈아보며 미소를 지었다. 차로 목을 축인 하응은 계속 말을 이어갔다.

"추사 선생은 서세동점(西勢東漸)의 새로운 시대적 격변에 직면한 상황에서 조선의 살길은 개화, 즉 서양의 문물과 학문을 수용해야 한다고 여기셨지."

"그럼 아버지도?"

"그분의 문하에 있었으니 당연하지 않았겠느냐? 선생은 우리 집안이 권좌로 가는 길과 가장 가깝다는 것을 알고 계셨어. 내가 몸을 낮추고 다닌 일도 말이야. 그리고 재황이 네가 태어났을 때 왕재라고 말씀하셨지. 그리고 괘를 준비해 주신 거란다. 조선의 앞날이 너에게 달려 있으니 날더러 있는 힘껏 도우라고 말씀하셨단다. 그래서 첫 번째 수괘는 너를 위한 괘이자 개화를 위한 준비로 삼으라 하신 거였다. 또한 선생의 괘에는 많은 이들의 바람이 담겨 있었지. 조선의 개화를 꿈꾸며 준비하는 이들이었다."

"추사 선생의 문하에 계셨던 분들입니까?"

"딱히 파를 형성하고 있지는 않았지만, 그분과 뜻을 같이 한 이들이었지. 대표적으로는 북학파라고 할 수 있지. 네가 아는 박규수도 다르지 않았어. 하지만 대부분 권력이나 벼슬에 관심이 없었어. 워낙 세도정치에 당한 터라."

"그런데 아버지는 어찌 스승님의 뜻을 잇지 않고 쇄국으로 밀고 가셨습니까?"

하응은 재황이 가장 묻고 싶었던 말이었을 거라고 생각했다.

"네가 그리 물을 줄 알았다. 그래, 나 역시 처음에는 개화를 생각했지. 서양의 우수한 문물을 받아들여서 부강한 조선을 만들려고 했지. 그런데 이상과 현실은 달랐단다. 권력 안에 있지 않고 권력을 다 알 수 없지 않더냐? 그 권력이 얼마나 질긴 것인지 밖에서는 다 알 수 없지.

무엇보다 조선은 성리학으로 오랜 세월을 지배해왔다. 그것 역시 권력이었다. 어쩌면 양이와 싸우는 것보다 안에 있는 권력과 싸우는 것이 더 힘든 것이었다. 그 권력을 무너뜨리기 위해 서원을 철폐한 것이야. 그게 무너져야 다른 것을 받아들일 수 있으니 말이다. 그러나 서원을 철폐한다고 그들이 무너지는 것은 아니었어. 더 결집했지. 그들은 시대의 흐름을 알지 못했고, 알려고 하지 않았어. 아니 백성들에게도 모르게 하고 싶어 했지. 그렇게 되면 자신들이 누려온 권력을 빼앗길 수도 있으니 말이야."

하응은 조금 흥분했는지, 거기까지 말하고 숨을 돌렸다. 오늘은 말이 많아질 것이라고 생각해서 며칠 단전에 힘을 모으고 있었다. 하지만 이미 몸에 힘이 빠지고 있는 터라 쉽지는 않았다.

"그렇다면 결국 아버지는 그들과 타협하신 겁니까? 쇄국으로 말이옵니까?"

"타협이라. 그리 간단하게 단정 지을 문제가 아니다. 나는 안정적인 상황에서 개화를 하고 싶었어. 그리고 추사 선생이나 북학파들도 개화가 폭력적으로 이루어질 거라고 예상하지는 않았다고 본다. 서학이나 천주학처럼 학문이나 문화의 개방으로 개화가 이루어질 거라고 여긴 거지. 그런데 양이들은 포를 쏘고 강제적으로 난입하려 했고, 조선의 문화에 대한 예의조차도 없었다. 그렇게 되면 유림이나 백성들도 개화에 대한 반감만 커지게 될 뿐이야. 문호개방이란 나라 대 나라의 일이다. 화친을 해서 조약을 맺을 수도 있고, 힘을 통해 조약을 맺을 수도 있다. 그 안에는 이익이라는 게 숨어 있지. 우리가 힘을 가지고 있지 않으면 이익을 갖는 것보다 빼앗기는 것이 더 많다. 그 상황에서 무턱대고 문을 열 수가 없었다. 우리 조선은 아직 준비가 되지 않았으니 말이다. 백성과 유림을 달래가면서 시간을 벌고 우리만의 힘을 축적해놓으려고 했다."

하응은 다시 호흡을 가다듬었다. 재황도 그 정도의 시간은 기다려주었다.

"그런 말씀을 왜 소자에게 미리 하지 않으셨습니까?"

"그때 너는 어리지 않았더냐? 그런 것을 다 알고 있다고 해도 어찌 할 수 있었겠느냐? 용상에 오르자마자 군밤장수에게 엄벌을 내리라던 네가 할 수 있는 일이었더냐?"

"아버지. 척이 듣사옵니다."

재황은 그때를 생각하면 부끄러운지 겸연쩍어 했다. 그

때 척의 헛웃음 치는 소리가 들렸다. 척보다 재황의 얼굴이 더 붉어졌다. 아버지에게 척의 그런 모습을 보이고 싶지 않았는데, 그렇다고 미리 말릴 수 있는 것도 아니었다. 하지 말라고 하면 더 하게 된다는 것을 이미 몇 차례를 통해 습득했다.

"척아, 너도 재미있는 모양이로구나. 그래도 네 아비는 지금 너보다 더 어렸단다."

하응은 손자의 반응에 온화하게 대답했다. 하응은 손자의 망측한 버릇을 탓하려 하지 않았고, 오히려 그런 척을 안쓰럽게 생각했다.

"그래서 두 번째 괘가 동인괘로 설정되었던 것이라고 본다. 너와 내가 합심하여 개화의 방향으로 조선을 끌고 나가려고 했던 것이지. 하지만 그것을 원치 않는 무리들이 많았지. 가까운 곳에서부터 말이다."

"황후를 말씀하시는 거옵니까?"

황후라는 말이 나오자 이번에는 척의 얼굴에 긴장하는 빛이 돌았다.

"그렇게 되느냐? 척아, 네가 듣기 불편한 이야기들이 거론될 수 있으니, 원한다면 밖에 나가 있어도 된다."

하응은 척이 자신도 모르게 헛웃음을 쳐서 또 재황을

곤란하게 할까 싶어 노파심에서 말을 꺼냈다.

"아니옵니다. 소손은 개의치 마시옵소서."

"그럼 그래라. 한비자에 '무릇 귤나무를 심은 자는 그
것을 맛있게 먹고 향긋한 냄새를 맡을 수 있지만, 가시나
무를 심은 자는 그것이 성장하면 찔리게 된다.'고 했다.
나는 귤나무인 줄 알고 심었는데, 나중에 알고 보니 가시
나무를 심었더구나. 너나 척에게는 여전히 귤나무이겠지
만, 나에게는 그렇지 않았다. 가시를 뻗쳐 네게로 가는 길
조차 그리 막을 줄은 몰랐다."

"아버지도 그렇게만 말씀하실 수는 없사옵니다. 황후
가 그렇게 된 것은 아버지 탓도 있사옵니다."

황후의 이야기가 나오자 재황은 날카로워졌다.

"내가 완화군을 어여삐 여겨 세자로 만들려 했고, 첫 원
자에게 약을 잘못 보내 며칠 살지도 못하게 했다는 것이
냐? 척아, 노여워하지 말고 할아비 말을 끝까지 들어야
한다."

하웅은 척이 괜찮다고 했지만 걱정되었다.

"할아버님, 걱정하지 마십시오. 소손은 두 분의 말씀을
듣고 싶어 왔사오니 개의치마시고 말씀 나누시옵소서."

한편으로는 의젓하다고 볼 수 있었지만, 다른 한편으

로는 냉정하다고 볼 수 있었다. 하웅은 척이 제 부모를 반반 닮았다고 생각했다.

"재황아, 어찌 됐건 완화군은 네가 처음으로 낳은 왕자였다. 너도 그렇고 나도 남다를 수밖에 없었지. 그리고 솔직히 완화군을 세자로 생각하기는 했다. 60년 외척들의 세도정치를 답습하게 할 수는 없지 않겠느냐? 그렇다고 내 핏줄인 원자에게 어찌 악한 마음을 먹겠느냐? 내가 네게 뭐라 했느냐? 왕실의 권위는 많은 자손도 한몫을 한다고 하지 않았느냐? 중전이 그렇게 원망을 품어가고 있는지 몰랐던 것은 내 불찰이 맞다. 그 아이의 총명함이 내조로 빛나기를 바랐다. 물론 내조를 넘어설 정도로 영리한 줄은 몰랐다. 결국 너는 동인쾌의 짝을 중전으로 하지 않았느냐?"

이번에는 하웅이 재황을 꾸짖듯이 몰아갔다.

"황후는 소자에게 좋은 동인이 되었습니다. 소자에게 이이제이를 알려주었고, 정사의 힘든 점을 이해하고 조언을 아끼지 않았습니다. 그리고 황후는 누구보다 아버지께 인정받고 싶어 했습니다. 물론 왜곡된 모습으로 나타났다는 것은 저도 압니다."

"사람의 지혜란 눈과 같아 백보 밖은 볼 수 있지만 자신의 눈썹은 볼 수 없다고 했다. 그러니 자신을 더 들여다보아야 하지 않겠느냐? 아무튼 중전이 말한 이이제이를 말해보자. 우리 조선에 있어서 이이제이란 전쟁터에서 싸움의 기술밖에 되지 않았다. 이이제이란 내가 힘이 있어야 제 힘을 발휘하지, 내가 힘이 없으면 큰 화가 되어 돌아올 수 있는 거란다. 그래서 어찌 되었느냐? 모두 적을 만들 수 있는 위험한 기술이었어. 당장의 위기는 모면할 수 있겠지만, 결국 호랑이 굴의 문을 열어 준 거나 마찬가지가 되었지 않느냐? 노자는 '큰 나라를 다스리는 것은 작은 생선을 굽는 것과 같이 조용하고 천천히 하지 않으면 안 된다.'고 했다. 그런데 너희의 이이제이는 작은 생선을 자꾸 뒤적이는 것과 같았다. 작은 생선을 구울 때 자주 뒤적이면 보기 흉해지지 않느냐?"

"그렇다면 그런 상황에서 아버지는 어찌 할 수 있었겠습니까? 왜 경복궁을 무리하게 중건하셔서 백성들과 신하들의 원성을 샀느냐 말입니다."

재황은 이이제이와 아버지의 경복궁이 비교할 수 있는 사안이 아니라는 것을 알면서도 척 앞에서 아버지에게 질책 당하는 모습을 보이고 싶지 않아 그리 우겼다.

"말하지 않았느냐? 너와 함께 다음 단계를 추진하려

했다고. 물론 쉽지는 않았을 것이란 걸 안다. 문을 어떻게 열 것인지는 중요한 문제다. 그리고 그 처음이 절대 일본은 아니었을 것이다. 경복궁 중건은 왕실의 상징이다. 물론 국고가 많이 허비되기는 했지만, 다른 의미에선 국고를 쌓고 있었다. 명분을 가지고 국고를 쌓은 것이다. 백성들도 힘들었겠지만, 삼정이 문란해진 세도정치 때만 했겠느냐? 내 목적은 가진 자들에게 명분을 가지고 거둬들이는 것이었다. 그래서 그들이 반발한 것이었지만, 그것으로 개화든 신무기든 준비할 수 있었다. 그런데 그토록 원성을 들어가며 10년 동안 쌓은 국고를 어찌 하였느냐? 1년 만에 중전의 손으로 바닥을 내지 않았느냐? 왜?"

하응은 흥분을 했던지 자기도 모르게 마지막에 소리를 질렀고, 그 바람에 몸을 떨었다. 기운이 다 빠져나가는 기분이었다. 애써 바닥의 보료를 쥐었다.

"소손 때문이옵니다."

"태자! 아니 척아!"

재황은 척을 막으려 했지만, 아버지가 그냥 두라는 손짓을 해서 더 이상 말리지 않았다.

"백성들도 아는 사실이 아니옵니까? 소손이 병약해서 어마마마께옵서 궁궐에서 굿을 하거나 명산대천을 찾아

다니며 치성을 드리느라 그리 된 것이옵니다. 그리고 풍악도 좋아하셔서 궐에 재인이나 기생들을 불러 잔치를 벌이기도 했사옵니다."

재황은 척의 말에 고개를 숙이고 말았다. 어찌 보면 감정도 없는 채 차갑게 제 어미의 치부를 말하는 척을 보며 하응은 마음이 아팠다.

"하오나 할아버님. 어마마마는 외로우셔서 그랬던 것 같사옵니다. 어릴 때도 외롭게 자라셨고, 궁에 오셨을 때도 혼자라고 느끼셨던 것 같습니다. 그래서 뭐든 가지려 하셨고, 집착하신 것이 아니었을까요? 소손도 힘들었사옵니다. 어마마마의 은혜는 태산 같사온데, 다른 곳을 보지 못하게 하니 숨이 막힐 것 같았습니다. 빈궁까지 시기하고 미워했습니다. 소손 어마마마를 욕되게 할 생각은 없사옵니다. 다만 할아버님께서 하해와 같은 마음으로 이해해주신다면 저 세상에서 계신 어마마마께서 편하실 것 같사옵니다."

척이 어찌 보면 어린 아이 같았지만 전혀 그렇지 않다고 하응은 생각했다.

"척아, 이 할아비는 네 어미에게 개인적인 원망은 없단다. 지금도 정치적인 판단의 차이, 그 결과에 대해서 말하는 것이니 너무 마음 아파하지 말거라."

"할아버님께서 그러시다니 마음이 놓이옵니다. 소손의 말에 개의치 마시고 말씀 나누십시오."

재황은 다 큰 아들을 넋을 잃고 바라보았다. 아들이 그토록 힘들어 하는 줄도 몰랐고, 할아버지에게 스스럼없이 자신의 아픔을 털어놓은 것도 충격이었다. 어쩌면 저 말을 하고 싶어서 할아버지를 만나겠다고 사정한 것이란 생각이 들었다.

"재황아, 우송파라고 들어본 적이 있느냐?

하응은 분위기를 돌리기 위해 화제를 바꿨다.

"처음 들어보옵니다. 무슨 뜻이옵고, 누가 만든 모임입니까?"

"네가 모를 거라 생각했다. 우송파는 우암 송시열을 의미한다. 그리고 안동 김씨를 중심으로 한 옛 세도가들의 모임이다. 웬만해선 수면 위로 모습을 드러내지 않아 아는 이들이 거의 없다."

"그렇다면 조정에도 그들이 있습니까? 그리고 그들은 무슨 일을 했습니까?"

"처음에 그들은 우암 송시열의 유지를 받든다는 의지로 모였으니 당연히 서원을 철폐하는 내가 공격의 대상이었

250
251

지. 지금 그들은 성리학만을 고수하는 이들이 아니다. 철저히 그들의 기득권을 지키려는 목적만 가지고 있다. 나라를 팔아서라도."

재황은 '나라를 팔아서라도'라는 아버지의 말에 가슴이 쓰라렸다.

"그런데 갑자기 왜 그들을 말씀하시는 것이옵니까?"

재황은 뭔가 감이 잡히는지 불안한 듯 물었다.

"중전과 밀접한 관련이 있다."

"네에? 설마 중전이 우송파란 말씀이옵니까?"

이번에는 척도 놀란 듯이 하응을 바라보았다.

"중전은 우송파는 아니다. 다만 중전은 우송파의 힘을 빌려 나를 폐고 시켰다."

"그렇지 않사옵니다. 면암 최익현의 상소로……."

"면암 역시 그들에게 이용당했다고 본다. 물론 본인은 모르지만. 그리고 네가 날 오해하는 일들 중의 대부분은 그들의 만든 덫이다. 또한 거의 대부분은 중전도 알고 있었다. 그 중 하나가 재선의 역모사건이니라. 모양새가 뻔히 내가 사주한 것으로 보이는 일을 내가 어찌 했겠느냐? 그리고 재선이도 그런 성품을 가진 아이가 아니니라. 그건 너도 잘 알 것이다."

재황은 알고 있는 듯이 고개를 끄덕였다. 재황이 어릴 때 재선은 맏형인 재면보다도 재황을 잘 챙겼다. 먹을 게 하나라도 생기면 재황을 주기 위해 구름재로 달려왔던 아이였다. 악의 없이 사람을 좋아하고 거절하지 못한 게 흠이라면 흠이었다. 하웅은 설혹 재선이 그 일에 휘말렸다 하더라도 그의 의지로서 한 일이 아니라는 것을 말하는 것이었다.

"그렇다면 그들이 얻는 것은 무엇이옵니까?"

"우선은 내 수족을 자르는 것이다. 내가 다시는 네 곁으로 갈 수 없도록 만드는 것으로 충분했을 것이다. 결국 그들의 뜻대로 되지 않았느냐? 또한 중전도 가장 바라는 일이었을 테니 서로 협력하지 않을 이유가 없었겠지."

"증거나 증좌가 있습니까? 황후가 그들과 협력했다는……."

재황은 중전이 그들과 관련이 있다는 사실을 믿고 싶지 않은 모양이었다.

"내가 지금이 아니라 권좌에 미련이 있을 때라면 이런 말을 해도 너는 믿지 않았을 것이다. 나는 북망산이 가까이 있다는 것을 알고 있는 처지에 있다. 내가 단지 명예를 찾기 위해 네게 탄원을 하고 있는 것은 아니란 말이다. 처음 민승호 대감 사건 때만 해도 그냥 넘어가려 했다. 그것까지 신경을 쓸 내 상태가 아니었다. 허나 재선이 일까지 터지자 뭔가 음모가 있을 거 같아 조사를 시켰다. 물론 그들의 존재는 네가 친정을 하면서부터 알고 있었다. 하지만 그렇게까지 할 줄은 몰랐다. 헌데 그들의 움직임에서 중전이 포착되었다."

"소자는 전혀 그런 낌새를 느낄 수 없었습니다. 어찌 그런 일이 있을 수가요?"

재황은 아버지나 스스로를 속이고 있음을 알면서도 그렇게 말할 수밖에 없었다. 척이 있는 상태에서 아버지와 함께 황후를 몰아갈 수는 없었기 때문이었다. 그 실체가 우송파인 줄은 몰랐지만, 중전이 어떤 세력과 관련이 있을 거라는 느낌은 갖고 있었다. 다만 재황은 굳이 알려고 하지 않았을 뿐이었다. 어쩌면 아는 것이 두려웠다고 해야 할 것이다.

"등잔 밑이 어두운 법이다. 또한 너는 중전에 대한 신뢰가 있었으니 덮어두고 믿었을 것이다."

"그렇다면 황후는 그들과 계속 연결을 가지고 있었습니까?"

"그렇지 않다. 그랬다면 중전은 그렇게 떠나지 않았을

것이다."

하웅의 말에 재황의 눈동자가 커지더니 그 자리에서 벌떡 일어났다. 척도 눈이 휘둥그레져서 하웅을 쳐다보았다. 재황은 방을 이리저리 돌더니 이내 자리에 앉았다.

"을미년의 일은, 그러니까 황후의 죽음은, 아버지……."

재황은 여전히 진정이 되지 않는지 말을 차마 잇지 못했다.

"을미년의 일이 나의 묵인 속에서 벌어진 일이라고 말하고 싶은 것이 아니냐? 그럴 것이다. 알만한 이들은 다 그렇게 여길 테니까. 나 역시 일이 벌어진 날 궁에 나와 있었으니 말이다. 어차피 이야기를 풀어가야 하니, 먼저 그들과 중전이 어떻게 반목하게 되었는지 말하마."

재황은 두 손을 어쩌지 못하고 비벼대기도 하고, 주먹을 쥐었다 폈다 하면서 하웅을 응시했다.

"그들의 이름이 무엇이냐? 우암 송시열을 의미한다 하지 않았느냐? 그들은 청에 대해서는 여전히 적대적이었다. 그들이 세도정치를 할 때도 형식적으로만 사대관계를 유지할 뿐이었지. 그런데 중전은 이이제이라는 명분으로 일본이나 서양을 가까이 하다가 임오년 군란이 발생할 때 청에 도움을 청했다. 갑오년에도 그랬고. 그들은 그런 중전에 불만을 갖게 되었지. 게다가 그들 일부는 권력을 나눠 갖기를 원했다. 내게도 나눠 갖기를 원치 않는 중전이 그들에게도 어림없었겠지. 그들은 자신들이 중전에 의해 이용당했다고 생각한 거야. 당연히 협력관계를 깨려고 했을 것이고, 위기를 느낀 중전은 그들을 없애려고 했지."

"그럼 그들은?"

재황은 그들이 누구인지 알게 된 모양이었다.

"맞다. 그들 중 일부이긴 하지만 핵심은 아니다. 참, 시대가 하수상하다보니 그들은 반청에 대한 신념은 강했지만, 일본이나 아라사, 서양에 대해서는 우호적이었어. 그들이 고수하던 성리학도 과감히 내팽개쳤지. 오히려 면암이나 붙들고 있었지. 그들은 명분이야 새로운 조선을 위해서라고 하지만, 자신들의 이익에 절대적이었어. 그런데 그 이익을 지킬 수 없게 되자 일본을 통해 정리를 하려고 한 것이다. 일본 공사관에서는 중전의 공동의 적이랄 수 있는 이들을 모은 거야. 내가 아소당에 있을 때 오카모토 류노스케가 찾아와 협상도 하고 협박도 했다."

"협상이라면 황후를 몰아내는데 협조를 해주면 강화 교동에 유폐된 준용이를 풀어준다는 것이었습니까?"

"그래. 처음에 나는 단호하게 거절했다. 너도 알겠지만 솔직한 마음으로 나는 중전에게 감정이 좋지 않았다. 내 모든 계획을 중전이 틀어버렸으니까. 나이는 먹어가고, 조선은 쇠락의 길을 걷고 있는데, 아들 며느리가 합심하여 청에 억류시키고 운현궁에는 폭약을 설치하니 뭔가 보여줘야 되겠다고 생각해 준용이를 내세운 것이다. 이 아비가 네게 잘못한 일이라면 그것이다. 허나 폐위를 할 생각은 아니었다. 각설하고, 일본이 내게 협박하는 것은 너의 폐위였다."

"네에? 그럴 수가요? 그렇다면 준용이를 내세운다는 것이 아니었습니까? 아버지께는 협박이랄 수도 없잖습니까?"

재황은 흥분한 상태로 숨을 거칠게 몰아쉬면서 말했다.

"준용이가 아니었다. 우송파의 인물이었다. 그들의 의도는 아예 조선을 삼키겠다는 것이었다. 양손에 너와 준용이를 쥐고서 나를 압박했다. 시간을 벌어야 했다. 어떻게든 조정으로 파고 들어가야 했다. 그래서 중전의 폐서인에만 합의를 한 것이다. 결국 그들은 그 이상의 일을 저지르고 나를 철저히 이용한 것이다. 협상을 하려면 힘이 있어야 하지만, 내겐 예전의 힘이 없었고, 결국 협박에 응

할 수밖에 없었다."

말을 끝나기가 무섭게 재황이 신음소리를 냈다. 고통스러운 듯 얼굴이 일그러져 있었다. 누가 병자인지 모를 정도로 재황의 상태는 참혹했다.

"거짓말입니다. 아버지는 거짓말을 하고 있는 겁니다. 황후의 죽음에서 벗어나고자 소자에게 모든 것을 꾸며 말씀하시는 겁니다. 황후가 그렇게 모진 일을 당했을 때 아버지는 무얼 하고 계셨습니까? 변명이십니다. 그대로 가시면 역사의 혹독한 심판을 받을까 봐 소자에게 변명을 하시는 겁니다."

재황은 눈앞의 일을 부정하고 싶은 듯이 두 손으로 머리를 쥐어짰다. 그때는 더 이상 척의 눈치도 보지 않았다.

"재황아, 믿고 싶지 않을 것이다. 차라리 내게 원망을 가진 상태로 사는 것이 나았을 지도 모른다. 하지만 지존은 현재만 보는 것이 아니라 먼 훗날까지 보아야 한다. 내가 역사에 어떻게 기록이 되고, 어떻게 평가되던 내 몫이다. 그러나 조선의 책임은 네게 있다. 나보다 더 무거운 역사의 평가를 받는 것은 바로 너다. 나는 네게 그것을 알려주고 싶었다. 내 말이 거짓이면 네 맘이 편하겠느냐? 그렇지 않을 것이다. 솔직히 말하자면, 너희 부자에게는 미안한 말이지만, 중전은 임오년에 끝났어야 했다. 그것이 죽음이든 폐서인이든 결정을 지었어야 했다. 아니면 날 죽였어야 했다. 그랬다면 너나 조선은 지금의 비참한 상황을 맞아하지 않았을 것이다."

"어찌 척이 있는데서 그런 말씀을 하시옵니까?"

"내 그래서 미리 말하지 않았느냐? 여기 앉아 있는 것이 고통스러울 수 있다고. 동인패로 너와 함께 할 수 있는 이는 둘일 수 없었다. 결국 너는 중전을 선택했지만, 중전은 네게 독이었다. 임오년 이후 달라진 것이 무엇이냐? 이 나라 저 나라 다 끌어들여서 무엇이 됐느냐? 개화를 통한 부국강병을 외치면서 백성들의 살림살이는 품기나 했느냐? 갑오년의 민란이 내가 사주해서 발생한 일이라 여기느냐? 너에게 백성은 무엇이더냐?"

하웅의 끝없는 질문에 재황은 할 말을 잃었다. 당당하게 답할 수 있는 것이 없었다. 황후의 일을 따지는 것은 구차한 변명일 뿐이란 걸 스스로도 알고 있었다. 재황이 답을 하지 못하자 한참 동안 정적이 흘렀다. 그리고 하웅은 조금 전과는 달리 목소리를 낮추며 말했다.

"재황아, 너는 무엇으로 네 경계를 삼았느냐?"

"무엇을 말씀하시는 것이옵니까?"

"옛날 요임금은 궁궐 다릿목에 기둥을 세워 정치에 불만이 있는 사람은 누구나 그 기둥에 의견을 적게 했는데, 그 기둥의 이름을 임금의 잘못을 적어 붙인 나무라는 뜻으로 '비방지목(誹謗之木)'이라 했지. 남명 조식 선생은 '성성자(惺惺子)'라는 방울을 몸에 차고 그 소리를 들으며 스스로 경계와 반성을 했다고 하지. 내게 성성자가 되었던 것은 쾌와 수돌이었다. 쾌는 조선과 너에 대한 책임감이었고, 수돌이는 백성들에 대한 책임감이었지. 너의 비방지목은 무엇이었냐?"

"소자는 아버지였습니다."

"뭐라?"

하응은 재황의 답이 자신일 줄은 생각도 못한 듯이 놀라 했다.

"항상 아버지를 의식했습니다. 비록 아버지를 동인쾌의 짝으로 선택하지는 않았지만, 정사를 볼 때마다 아버지라면 어떻게 했을까, 경계하였습니다. 그런데 그렇게 의식하는 것이 싫어서, 아버지께 꾸중 듣는 게 싫어서 아버지의 반대로만 나갔습니다. 그게 소자이옵니다."

재황은 맥이 빠졌는지 곁에 있는 척을 점점 더 의식하지 않았다.

"모든 것이 이 아비의 탓이로다. 내가 널 그렇게 만들었구나. 그러나 넌 최하의 군주는 아니로다. 한비자에는 세 가지 군주 상이 나온다. 자신의 능력을 최고라고 생각하는 군주는 최하의 군주이고, 남의 힘에 기대는 군주는 중간이며 자기의 지혜와 남의 지혜를 함께 활용하는 군주는 최상의 군주라고 했다. 스스로 부족하다고 느낄 줄 알면 최하는 아니다."

하응은 재황에게 최상이라고는 말하지 않았지만, 재황은 그래도 얼굴빛이 밝아졌다. 그런 재황을 보면서 자신은 엄한 아버지이기만 했나 생각하니 마음이 아팠다.

"밤이 깊어가니 마지막으로 일러둘 것이 있다. 스승님께서는 괘를 주시면서 산지박괘가 마지막 괘라고 하셨다. 어쩌면 조선의 마지막을 예상하셨는지도 모른다. 병이 골수에 있을 때는 운명을 관장하는 신도 편작도 어찌할 방법이 없다고 했다. 하지만 주역은 정해진 운명이라고만 할 수 없다. 운명도 사람이 이끄는 것이니 조선의 운명은 너의 의지에 달려 있다. 혹여 끝이라 해도 다시 시작할 수 있는 씨앗은 남겨둬야 하지 않겠느냐? 네가 황제의 나라를 표명한 것은 잘한 일이라 여긴다. 온전히 네 스스로 한 일이잖으냐? 조선이 쇠락했다면 대한제국으로 시작하면 된다. 여러 가지로 어려운 상황이지만 조선을 위해, 백성들을 위해 네가 할 수 있는 일은 다하도록 해라. 다만 믿고 의지할 만한 충신들이 없다는 것이 걱정스럽구나. 그리고 내가 죽거든 장례식에는 오지 마라. 네 생각은 어떤지 모르겠으나, 나는 아비로서 네게 힘이 되어주지 못했다. 내 경계가 되었던 조선과 너에 대한 책임을 그렇게라도 지고 싶다. 그리고 내 무게감에서 벗어나라는 의미이기도 하다."

하응은 이번에는 호흡을 더 길게 내쉬었다.

"그래도 자식 된 도리로서 어찌 그럴 수 있단 말이옵니까?"

"내 유언으로 받아주었으면 좋겠구나. 너희 부자는 이곳을 나서는 순간 대한제국의 황제와 황태자이니라. 그것을 잊지 마라."

"아버지!"

재황은 마지막으로 아버지를 불러보고 싶은 듯이 크게 외쳤다.

"이제 경운궁으로 돌아갈 시간이구나. 척아, 할아비가 한번 안아 봐도 되겠느냐?"

하응은 두 손을 척에게 내밀었다. 척은 무릎을 끌면서

하응에게 다가와 두 팔을 벌려 하응을 안았다. 그 모습을 본 재황은 눈가가 촉촉해졌다.

"할아버지 말씀 가슴에 새기겠습니다."

지금껏 척이 한 말 중에 가장 의젓한 말이라고 하응은 생각했다. 마음으로는 재황도 안아주고 싶었지만, 이미 안은 것이라고 생각했다.

"수돌이 밖에 있느냐?"

하응의 부름을 듣고 수돌이 들어왔다.

"폐하를 모시거라. 난 그만 쉬어야겠다."

재황 부자는 처음 왔을 때처럼 절을 올리고 방문을 나섰다. 하응은 고개를 돌려 그 둘을 보지 않으려 했다. 밖에서 그들의 소리가 더 이상 들리지 않게 되자 온 몸에 힘이 빠졌다. 재황에게 건장하고 꼿꼿한 모습을 보이기 위해 온몸에 긴장을 주었다. 긴장이 풀리자 몸도 욱신거렸다. 무엇보다 가슴에 구멍이 커진 것만 같았다. 몸을 벽에 기대었다. 주체할 수 없는 눈물이 쏟아지기 시작했다.

"이제 다 끝났구나. 너희를 어찌 할꼬."

재황을 보낸 아쉬움보다 앞으로 재황이 겪고 나갈 일이 더 걱정이 되었다. 죽을 날이 가까워져서 그런지 촉이 맑아졌다. 그 맑아진 촉이 망국의 기운을 느끼게 했다.

부자유친

    홍선대원군은 석파정에서 고종 황제 부자와 만난 후 아소당으로 갔다. 몸은 녹초가 된 상태였다. 아들과의 만남을 위해 며칠 동안 긴장하며 심신을 다스리던 대원군은 아들부자와의 이별 후 시체처럼 늘어졌다. 혹여 큰일을 치루는 것은 아닌지 수돌은 걱정이 앞섰다.

    "걱정하지 마라. 내 어찌 널 곤란하게 만들겠느냐? 좀 쉬면 괜찮을 것 같구나. 너와의 복기도 남지 않았느냐?"

    그렇게 수돌을 안심시키며 이내 잠이 들었다. 어찌 보면 그토록 원했던 고종과의 만남으로 살아있는 동안 할 일을 다 마친 셈인데, 자신에게까지 남겨둔 시간이 있었다니 수돌은 대원군의 아량에 고개를 숙였다.

"대감마님!"

다음날 아침 기침을 한 대원군을 찾은 수돌은 그 앞에 봉투를 내밀었다.

"이게 무엇이냐?"

"어제 폐하께서 궁으로 돌아가시기 전에 대감마님께 이것을 전해드리라고 했습니다. 어제 상태로서는 도저히 드릴 수 없었사옵니다. 송구하옵니다."

수돌은 그가 정신을 차려준 것만으로도 고마움을 느꼈다.

"괜찮다. 어제 줬어도 정신이 없어 볼 수 없었을 것이다."

"폐하께서 어제 만남의 답이라고 하셨습니다."

"네가 꺼내봐라."

"소인이 어찌……."

"괜찮다. 내가 힘이 없어 그런다."

☷
☷

괘가 그려져 있었다.

"비(比)괘구나. 땅 위에 물이 있는 형상으로, 땅과 물이 함께 있으니 친밀한 관계를 의미한단다. 천하를 다스리는 도리는 진실성에 바탕을 둔 친밀한 인간관계임을 의미하는 괘이지. 희망을 뜻하기도 한단다."

대원군은 수돌에게 들으라는 듯이 설명해주었다.

"폐하께서 이 괘를 대감마님께 주신 것은 화해를 뜻하는 것이옵니까?"

"그런 것 같구나."

답은 간단하게 했지만 대원군의 눈가가 축축해지는 것을 알 수 있었다. 어제도 그는 통곡이라도 했던지 눈이며 얼굴이 발개져 있었다.

"다행이옵니다."

"수돌아, 너는 앞으로 어찌 할 것이냐?"

아들과 은원을 풀고 난 대원군은 이제 수돌의 앞날을 걱정했다.

"대감마님, 소인 걱정은 하지 마십시오. 딸린 처자가 있는 것도 아니옵고, 신체 건강하온데 무엇이든 못하겠습니까?"

"그래, 네 걱정은 하지 않으마."

"대감마님, 아직도 폐하가 걱정이옵니까?"

수돌은 대원군의 표정만으로도 무슨 생각을 하는지 알
수 있었다. 오랜 세월이 그렇게 만들었다. 어제 만남 이후
편해질 줄 알았던 대원군의 얼굴은 여전히 근심으로 가득
차 있었다.

"이 나라가 걱정이로구나. 그 고통을 주상이 어찌 감당
할 것인지……. 차라리 평범하게 살아가게 할 것을 그랬
나 싶구나. 내 욕심이 주상과 많은 사람을 힘들게 한 것
은 아닌지……."

그렇게 말하는 대원군도 평범한 아버지가 아닐까 생각
했다.

"대감마님, 약한 말씀 마옵소서. 소인은 대감마님께서
계셨기 때문에 조선이 이만큼 버텨왔다고 생각합니다."

이제 그만하면 마음이 편해질 법도 한데, 여전히 자식
걱정과 나라 걱정에 노심초사하는 대원군을 보면서 수돌
은 무엇이 그를 그렇게 만들었는지 생각해보았다. 정녕
부모란 존재는 늘 자식에게 미안한 마음을 가지고 산단
말인가. 수돌의 아버지도 그랬던 것 같다.

"어쩌자고 너는 쓸데없는 재주를 가지고 태어났느냐?

천출이면 천출답게 살아야 편하거늘 네 재주가 널 힘들게
할까 두렵구나."

"제가 그렇게 태어나고 싶어서 태어난 겁니까? 천출은
왜 재주를 가지면 안 되는 겁니까?"

한두 번도 아니고 수돌의 귀에 딱지가 생길 만큼 자주
들었던 말이라, 한창 가슴이 들끓어오를 나이에 딱 한번
그렇게 대꾸한 적이 있었다. 아버지에게 맞을 각오로 한
말이었는데, 아버지는 고개를 푹 숙이고 말았다. 그런데
수돌은 그 모습이 너무 싫었다. 상전에게 늘 숙이고 살았
으면서 자식에게까지 고개를 숙이는 아버지가 싫었다.

"이 아비는 네 꿈을 이루어 줄 수 없기 때문이다."

"아버지, 제 꿈이 뭔데요?"

"웬만한 양반 자제들보다 뛰어난 재주를 가졌으니, 그
들만큼 살고 싶지 않겠느냐? 너도 사람답게 살고 싶을 것
이 아니냐? 더구나 마음에 먹물이 들어가면 지워지지 않
는 법이다. 그러면 네가 다칠 것이 뻔한데, 이 아비가 해
줄 수 있는 게 없지 않느냐?"

"그런 꿈을 꾸지 않으면 되잖아요."

"그런 네 마음을 꺾는다는 것 또한 쉬운 일이냐?"

"그러면 저더러 어쩌라는 겁니까?"

답답한 마음에 수돌은 집을 뛰쳐나왔다. 이러지도 저러지도 못하는 자신의 처지가 서글펐지만, 아버지의 마음을 아프게 하고 싶지 않았다. 그것이 효라고 했다. 그래서 자신의 범위를 정하고 그 속에서만 살기로 했다. 그 범위는 아버지 마음을 아프게 하지 않는 것이 기준이 되었다. 상전의 말을 잘 따르고 그 이상의 행동은 절대 하지 않는 것을 기본으로 삼다 보니 익숙해졌다. 다만 자신은 아버지가 되지 않기로 했다. 대원군과 고종의 사이를 오랫동안 지켜보면서 그런 생각이 더 굳어졌다. 자신의 원대로 사는 것이라면 그거 하나였다.

　"대감마님, 아버지란 어떤 존재이옵니까?"
　수돌은 문득 아버지를 떠올리며 대원군에게 물었다.
　"허허, 네가 절밥을 먹은 적이 있다더니 선문답을 하자는구나. 다른 이가 물었다면 네가 아버지가 되어보면 안다고 말할 테지만 너한테는 그도 통하지 않겠구나. 그래, 아버지란 어떤 존재일까? 그보다 나는 어떤 아버지였을까? 아버지란 말이다. 같은 부모이지만 어머니와는 또 다른 마음으로 자식을 보는 것 같다. 특히 아들에게는 나와 닮기를 바란단다. 내가 생각하는 것을 생각하기를 바라고, 내가 하는 행동을 하기 바라지. 조금 욕심을 낸다면 나를 뛰어넘기를 바란단다. 그런데 때론 정말로 나를 뛰어넘게 될까봐 두려울 때도 있지. 허허. 아버지로 살아보니 아들과는 거리감을 가질 수밖에 없는 것 같다. 오죽하면 선인들이 부자유친이라는 덕목을 만들었겠느냐? 잘 안 되니까 그랬겠지."

수돌은 대원군이 거창하게 말할 줄 알았는데, 솔직하게 자신의 속내를 비추는 것 같아 그 답이 따뜻하게 다가왔다.

"그냥 마음가는대로 자식을 대하는 편이 나은지도 몰라. 손자들에게는 마음으로만 대해지는데, 왜 아들은 그게 안 될까? 아마도 아들 앞에서는 초라한 모습을 보이고 싶지 않아서 일거야. 사내들이라서 그런지 아들에게는 강하게 보이고 싶은 게 아버지야. 그런데 모든 아버지가 그런 것은 아니야. 수돌이 네 아비는 말이다."

"소인의 아버지 말이옵니까?"

"그래, 네 아비가, 그러니까 네가 산에 들어갔을 때 목숨을 내걸고 내게 간청을 하더라. 네가 소임을 다 마치면 네가 꿈을 이룰 수 있게 해달라고. 처음에는 놀랐지. 감히 그런 간청을 할 네 아비가 아니었거든. 아들의 앞날을 위해 목숨까지 내걸고 간청을 하는데, 어쩌겠냐? 나 역시 아들을 위한답시고 그리 살아왔는데 그 마음을 외면할 수가 없었다. 너도 너지만 네 아비 때문에 너희 부자를 면천한 것이다. 그러니 내가 죽거든 너는 네 갈 길을 가거라. 이미 너는 면천도 했고, 재면에게도 그리 일러두었다. 네가 어떤 꿈을 꾸는지 모르겠지만 남은 인생 네가 원하는 대로 살거라. 너무 늦은 것은 아닌지, 미안하구나."

그리고 대원군은 그곳에서 5일 후 세상을 떠났다. 대원군의 임종은 고종 부자를 제외한 그의 아들, 손자들이 지켰다. 자신이 죽은 후 수돌을 일체의 허드렛일에서 제외시키고 손님으로 깍듯이 모시라는 대원군의 당부가 있어서 수돌은 그저 지켜볼 수밖에 없었다. 그리고 수돌에게 전하라는 유품이 있었다.

"아버지께서 네게 이걸 전하라고 했다. 직곡에서 가져오라는 난 그림이다. 굳이 내게 가져오라고 할 것은 무어냐?"

재면은 수돌에게 그림을 전하면서 그렇게 투덜거렸다. 재면을 직곡으로 보내라고 한 것은 수돌이었는데, 대원군은 다른 뜻도 있었던 것이다. 집에 돌아와 대원군의 그림을 보며 수돌은 참을 수 없이 통곡을 하고 말았다.

노근란이었다. 힘차게 뻗어가는 군란화로 많은 꽃이

핀 혜란까지 생명력이 느껴지는 난 그림이었다. 수돌의 간청을 흘려듣지 않고 화제까지 남겨두었다.

'나의 벗, 풍란이여. 네 무리 속으로 들어가 꽃을 피우고, 널리 향기를 퍼뜨리라.'

과연 그는 큰 사람이었다. 다른 이들이 그를 비난한다 하더라도 수돌은 그럴 수 없다고 생각했다. 그는 수돌이 무엇을 꿈꾸는지 이미 알고 있었다. 그리고 그 꿈을 소중하게 여겨주었다.

며칠 후 고종의 부름을 받고 경운궁으로 갔다. 전에 고종의 언지처럼 헐버트의 사환이 아니라 고종의 공식적인 황명으로 가게 되었다.

"어서 오세요. 아바마마의 옛 벗님."

태자는 구면이어서 그런지 수돌을 반갑게 맞이했다. 그의 눈빛에서 그들만 알 수 있는 친근감이 느껴졌다.

"태자전하, 그리 말씀하시면 소인 황공하옵니다."

"그리 예의를 차리지 않아도 됩니다. 아바마마께서 기다리십니다."

태자의 환대까지 받은 입궁이 부담스럽기만 했다.

"왔느냐? 짐의 옛 벗. 그런데 헐버트 선생의 사환은 좀 너무 하지 않았느냐? 사환이라면 좀 어려야 하는데, 넌 중늙은이가 아니냐? 허허. 그러고 보니 짐 또한 마찬가지구나."

고종은 애써 밝은 표정으로 수돌을 맞이하려 했다. 그렇게 웃고 있지만 상중이었으니 마음은 편치 않을 것이라 수돌은 생각했다. 고종의 눈에는 대원군에 대한 그리움이 있다는 것을 다른 이들은 몰라도 수돌은 알 수 있었다.

"그래, 아버지 임종은 지켰느냐?"

"소인이 어찌 그런 자격이 있겠습니까?"

"어찌 자격이 없느냐? 너는 짐의 대신이기도 하다. 벗의 아버지니 너 또한 자격이 있는 것이다. 네가 그냥 물러났겠구나."

수돌은 대답하지 않음으로써 답이 되게 했다. 대원군의 상태가 급격히 악화가 되자 그의 의관을 갈아입히고 자식들을 불러 모은 후 자리를 피했다. 이미 대원군과 복기를 마쳤으니 임종은 자식들의 몫이라고 생각했다.

"폐하! 소인, 폐하께 국법을 어긴 죄를 아뢰고, 전해 드릴 것이 있사옵니다."

수돌은 이 말을 언제 할 것인지 고민하다가 매는 빨리 맞는 것이 낫다고 생각해 그 자리에서 말했다.

"갑자기 그게 무슨 소리인고? 짐이 너를 부른 것은 그동안의 회포도 풀고, 네가 아버지를 모신 일을 치하하려고 부른 것인데, 국법을 어겼다니?"

고종은 전혀 예상치 못한 수돌의 말에 황당한 표정을 지었다.

"먼저 이것을 드리겠사옵니다."

수돌은 헝겊에 싸인 물건을 고종 앞에 내놓았다. 헝겊을 풀어보니 명소(命召)였다. 명소는 국왕의 부름을 받은 중신들이 궁궐에 들어가기 위한 일종의 출입증이었다.

"이것을 어찌 네가 가지고 있느냐? 혹시 아버지께서 네게 주었느냐?"

고종은 당연히 그럴 거라고 생각했는지 크게 놀라지는 않았다.

"그러하옵니다. 허나 임무를 수행한 세 번만 사용하였사옵니다."

"세 번의 임무수행? 그렇다면, 그러니까 바로 네가 괘를 전한 것이냐?"

고종은 역정을 내기보다 풀리지 않았던 문제가 이제야 풀렸다는, 기쁨을 느낀다는 듯이 웃으며 물었다.

"황공하옵니다. 폐하께서 무슨 벌을 내리시더라도 달

게 받겠사옵니다."

"그래? 무슨 벌이라도 받겠다는 것이지?"

"소인 지엄한 국법을 어겼는데 어찌 벌을 피할 수 있겠습니까?"

"좋다. 허나 네게도 소명의 기회를 주어야 하지 않겠느냐? 석파정에서 들은 이야기도 있지만 네가 어떻게 그 일을 맡게 되었는지 상세히 아뢰어라."

"대감마님께옵선 처음부터 소인에게 그 임무를 맡기려 했던 것으로 사려 되옵니다. 그래서 일찍부터 폐하의 곁에 있게 하셨던 것 같사옵니다. 폐하께서 보위에 오르신 후 소인에게 괘와 패를 주시면서 임무를 내리셨습니다. 산으로 들어간 것은 임무를 수행하기 위해 무예를 익힌 것이기도 하지만, 다른 이유도 있었습니다."

"다른 이유라니?"

"대감마님께서는 그 괘가 당신을 위한 견제장치라고 하셨습니다. 그 괘를 대감마님께서 사사로운 욕심에서 바꾸려하거나 전달하지 못하게 할 때는 언제든지 당신을 벌하라고 하셨습니다. 괘가 소인에게로 온 이상 대감마님은 어떤 권한도 없다고 하셨습니다. 소인은 대감마님께 창이자 방패라고 할 수 있었는데, 다행히 방패 역할만 할 수 있었습니다."

수돌은 그렇게 말을 전하면서도 대원군의 마음깊이를 느꼈다. 그리고 그에 대한 그리움이 몰려왔다. 가족보다 대원군 곁에 가장 오래 머물렀던 수돌은 고종 앞에 서자 공허감과 그리움이 함께 몰려왔다.

"그런 일이 있었구나. 짐이 몰랐던 것이 너무 많았구나."

"이제 소인을 벌하여 주옵소서."

"그렇지. 당연히 짐을 황망하게 했으니 벌을 받아야지."

고종은 밖에 일러 준비한 것을 가지고 오라 명했다. 잠시 후 고종과 수돌 앞에 차가 놓여졌다.

"짐이 자주 마시는 가비차다. 너는 처음 마실 것이니 입에 쓸 것이며 오늘밤 잠을 못 이룰 수도 있느니라. 이것이 네게 내리는 벌이다. 네가 명소를 가지고 궁을 출입한 일은 국법을 어긴 것이라 할 수 있으나, 그 일은 짐의 아버지가 섭정 당시 네게 내린 명이었으니 꼭 국법을 어겼다고는 할 수 없다. 이제 임무가 끝나 명소를 짐에 반납한 것이니 문제는 없다고 본다. 이제 그 일은 더 거론하지 않으마. 어서 마셔 보아라."

수돌은 가비차를 입으로 가져갔다. 쌉쌀하면서도 구수하기도 해서 뭐라 표현할 수 없는 맛이었다. 쓰다고 하기에는 조선엔 그보다 쓴 약이 더 많았고, 구수하다고 하기엔 숭늉보다 못했다. 이런 이상한 차를 고종이 즐긴다고 하니 알 수 없는 노릇이라고 생각했다.

"마실 만 하느냐?"

"죽을 것 같지는 않사옵니다."

"허허. 네가 농을 하는 것을 보니 이제야 긴장이 풀리는 모양이구나. 그래, 아버지는 잘 가셨느냐?"

수돌은 고종이 차마 다른 데서 묻지 못하는 말을 자신에게 묻는 것이라고 생각했다.

"그러하옵니다. 허나 끝까지 폐하 걱정을 떨치지 못하셨습니다."

"짐이 뭐라고."

고종은 그렇게 말하고는 가슴이 먹먹해지는지 더 이상 말을 잇지 못했다. 아마 가슴으로 울고 있는지도 모른다고 수돌은 생각했다. 조금이라도 편하게 울고 싶어서, 비록 눈물을 보이지 않더라도 울고 싶어서 자신을 부른 거라고 수돌은 생각했다. 그래서 대원군과 아버지란 존재에 대해 했던 이야기를 들려주었다. 물론 수돌 아버지 이야기는 하지 않았다.

"그랬구나. 아버지는 그랬던 거로구나. 나 역시 아버지이고 보니 그런 감정을 이해할 것 같구나. 하지만 내게는 아버지란 존재가 너무 강해서 내가 아버지란 의식보다 아들이라는 데에 매어 살았다. 내 아버지의 아들이라는 무게에 늘 짓눌려 살았어. 나는 왜 아버지보다 못한 걸까? 아버지를 넘어설 수는 없을까? 내가 이렇게 하면 아버지께 야단을 맞을 지도 모른다는 압박에서 벗어나지 못했지. 아버지는 내게 죄의식을 심어주었어. 너도 알지 않느냐? 그때 그 일을……."

수돌은 고종이 무엇을 말하는 것인지 곰곰이 생각해보았다. 차마 자신의 입으로 꺼내지 못하는 그 일이란 뭘까? 옛일을 떠올리다 보니 한 지점에 머무르게 되었다. 회초리였다.

"폐하, 소인이 아뢰옵기 황공하오나 그 일은 폐하를 위한 일이었사옵니다. 폐하께서 백성을 위하는 성군이 되기를 바라면서 그러셨던 것이지, 폐하를 나무라기 위해 그러시지 않으셨습니다. 그때부터 대감마님은 폐하를 아들이 아니라 용으로 여기신 겁니다."

대원군과 오래 지내다보니 오히려 자식들보다 대원군

을 잘 알게 된 수돌이었다.

"내 그릇이 그 정도밖에 되지 않았구나. 그러니 아버지께서 군밤장수 운운하셨던 게지. 아버지를 이기고 싶어서 아버지를 배척했어. 아버지가 나보다 뛰어나시니까 언제든지 아버지가 나를 올라설 거라는 망상에 사로잡히기도 했지."

고종이 군밤장수 이야기를 꺼내자 수돌은 그때 일을 떠올렸다.

몇 번이나 군밤을 달라는 명복이 안쓰러워 혼자 군밤장수를 찾아갔다.

"죄송합니다만, 저희 도련님께 군밤 한 알만 주시면 안 될까요?"

"이 녀석아, 내 군밤은 공으로 양반들 입으로 들어가야 하는 것이냐? 내가 하루에 빼앗기는 군밤이 몇 개나 되는 줄 아느냐?"

양반이랍시고 값도 치르지 않고 주워 먹는 군밤이 한두 개가 아니란다. 그런데 어린 양반까지 군밤을 공으로 달래니 군밤장수로서는 그냥 무시하는 편이 군밤 하나라도 건지는 거라 여긴 것이었다. 그 말을 듣고 차마 명복에게

군밤을 주라는 말을 더 할 수가 없어 그냥 돌아왔던 수돌
이었다.

대원군은 무슨 의미로 군밤장수를 운운했을까. 아마도
고종을 꾸짖는 속에서 나온 이야기였을 것이다. 수돌도
군밤장수 역시 고종의 백성이라고, 백성으로 여겨야 한다
고 생각했다. 하지만 그때 일을 말할 수 없어 대원군의 이
야기를 전했다.

"언젠가 대감마님께서 그런 말씀을 하셨습니다. 당신
은 용이 아니며 용이 될 생각조차 없다고 하셨습니다. 오
로지 용이신 폐하를 보필하는 것이 당신의 책임이라고 여
기셨습니다. 재주가 많다고 용이 되는 것이 아니며 군주
는 한 가지 재주만 가지면 된다고 하셨습니다."

"그 재주가 무엇이라더냐?"

"용인술이라고 하셨습니다."

"그렇구나. 나는 사람을 쓰는 일에도 잘 하지 못했구
나. 어디 그뿐이더냐? 사람을 잘 알지도 못했다."

"폐하, 자책하시지 마옵소서."

수돌은 뭐라 더 위로를 하고 싶었지만 사족이 될 것 같
았다. 더구나 자신은 아무런 자격도 없지 않는가. 단지

대원군의 뜻을 전달하는 것으로 자신의 임무를 다하는 것
이라 생각했다.

"알았다. 아버지 말씀대로 너는 내게 있어 첫 백성이었
다. 백성이 자책하지 말라니 힘을 내야지 않겠느냐? 그
래, 너는 앞으로 무엇을 할 생각이냐?"

"소인과 소인의 아비가 생각하는 꿈을 행하려 하옵니
다."

"너와 너의 아비가 생각하는 꿈이라? 재미있구나. 그것
이 무엇인고?"

"소인의 아비는 소인이 꿈꾸는 대로 살기를 바라는 것
이온데, 이제 그 일을 하려 하옵니다."

"그렇다면 네 꿈이란 게 무엇이냐?"

고종은 마치 예전의 명복으로 돌아간 듯 호기심어린 눈
으로 수돌을 쳐다보았다.

"소인 솔직히 말씀드리자면, 폐하께서 잠저에 계실 때
마포나루에 가셨지 않습니까? 사실은 소인도 대감마님께
꾸중들을까봐 염려는 되었지만 그곳에서 배를 보는 것이
좋았습니다. 그 배를 타고 넓은 세상으로 나아가고 싶었
습니다. 넓은 세상이 어디인지 몰라도 그 꿈을 행하여 보
려 하옵니다."

수돌은 솔직한 자신의 꿈을 있는 그대로 말할 수는 없었다. 두루뭉술하기는 했지만 그 말도 거짓은 아니었다.

"그래? 너 또한 짐과 같은 꿈을 꾸었구나. 헌데, 수돌아. 꼭 그 꿈을 꾸고 싶으냐? 짐 곁에 있으면 안 되겠느냐?"

"폐하, 성은이 망극하오나 소인은 폐하 곁에 있을 능력이 되지 않사옵니다. 그리고 저승길을 앞둔 제 아비의 소원을 이루고 싶사옵니다. 소인, 폐하의 첫 백성으로서 어디에 있던 충(忠)을 가슴에 새기겠습니다."

"수돌아, 너는 아버지가 내게 남긴 까치밥이자 씨앗이었구나. 어린 시절엔 내가 네게 글을 가르쳤지만, 지금은 네가 내게 깨우침을 주는 구나. 꿈을 잃고 살았던 내게 다시 꿈을 꾸게 만들었어. 조선을 넓은 세상으로 나아가게 하는 것이 내 꿈이었다. 그런데 산을 보라는 아버지의 가르침을 잊고 나무에 연연하다 조선이라는 큰 배를 풍랑에 휘말리게 한 것이야. 이 어리석음을 깨우친 것이 늦지 않았으면 좋겠구나. 이젠 아버지에 대한 두려움보다 백성들에 대한 두려움으로 살아야겠구나."

어린 명복의 호기심어린 눈빛은 사라지고 고독한 군주의 눈빛을 가진 고종의 눈가가 촉촉이 젖어 있었다. 수돌은 고종의 말이 바로 사부곡임을 느낄 수 있었다.

"폐하!"

수돌은 그 자리에 일어나서 고종에게 큰 절을 올렸다.

"일어나라. 마음 같아선 짐이 네게 큰절을 올리고 싶구
나. 짐이 죽는 날까지 널 잊지 않으마. 암, 잊어서는 안 되
지! 부디 네 꿈을 이루기를 바란다."

고종은 대원군의 장례식에 참석하지 않았다. 사람들은
여전히 고종과 대원군이 화해를 했다는 것을 모른다. 아
마 역사에도 그렇게 기록될 것이다. 한 집안의 부자 사이
가 좋았는지 나빴는지 굳이 알 필요가 있겠는가. 하지만
부자 사이의 관계가 한 나라를 지배했다면 그것은 다른
문제다. 수돌과 수돌 아비의 관계는 아무도 관심을 갖지
않지만 대원군과 고종의 관계는 주목의 대상이었다.

'만일 두 사람의 사이가 벌어지지 않고, 함께 국사를 보
았다면 지금의 조선은 다른 모습이었을까?'

수돌은 아마 분명 달랐을 거라고 생각했다. 수돌은 어
린 시절 자신을 위해 아버지의 종아리를 회초리로 때렸던
고종에게 감동을 받았다. 대원군도 그랬지만 수돌 역시
고종이 그런 마음이라면 성군이 될 거라고 믿었다. 그래

서 그를 위해서라면 어떤 일이라도 불사하겠다고 다짐했었다. 그리고 대원군이 자신에게 임무를 맡겼을 때 오로지 그 일에 사명을 걸었다. 비록 노비 출신의 보잘 것 없는 자신이지만 그 일이 고종과 조선을 위한 일이라면 목숨을 걸고서라도 완수하겠다고 늘 가슴에 새기며 살았다.

10년 동안 산에 살면서 많은 이들을 만났다. 대원군에게 불만을 가진 이도 없지 않았지만 수돌이 만난 많은 이들은 대원군을 지지했다. 자신이 모시는 상전이라고 대놓고 말하지는 못했지만 그런 말을 들을 때면 마음이 뿌듯해졌다. 과연 대단한 분이라고 마음속으로 생각했다. 그리고 어서 고종도 대원군의 뒤를 이어 백성들을 위한 정치를 하기를 간절히 바랐다.

수돌이 첫 임무를 수행하기 위해 산에서 내려왔을 때 고종은 친정을 선포했다. 당연한 수순이라고 여겼지만 뭔가 이상한 흐름이었다. 대원군이 뒤를 받쳐주면서 고종이 자연스럽게 친정을 펼치는 것이 아니었다. 굳이 대원군을 내치면서 정국을 운영하려는 의도를 알 수 없었다. 물론 수돌은 괘의 내용을 모른다. 순서만 알고 있을 뿐이었고, 때론 호기심도 일었지만 보는 것이 죄라고 생각해 보지 않았다.

대원군의 낭패한 표정으로도 일이 잘못되어가고 있다는 것을 알 수 있었다. 대원군에게 천하장안이 있다면 수돌에게는 10년의 세월이 엮어준 여러 부류의 벗들이 있었다. 그들 중에는 무예를 익힌 이들도 있고, 장돌뱅이도 있었고, 거간꾼이며 객주들까지 있어서 필요한 정보가 있다면 언제든지 알 수가 있었다. 비록 천출이지만 기골이 장대한데다 사람까지 좋은 수돌은 그들에게 자신이 할 수 있는 한 베풀었다. 그래서 수돌의 부탁을 자신의 일처럼 나서주었다.

그래서 대원군의 독주를 막는 세력이 있다는 것을 알게 되었다. 설마 고종이 그들에게 휘둘리지는 않을 거라 기대했지만 약관의 나이에 궁궐 안에서 보호만 받고 자란 고종은 나약한 존재일 뿐이었다. 나라님이 없는 데서는 나라님 욕도 할 수 있다고 수돌의 귀에 들려오는 고종에 대한 원성은 몹시 불편했다. '마누라 치마폭에 싸여서 정신을 못 차리는 임금'이라는 소리를 들을 때마다 검을 뺄 뻔한 적이 한두 번이 아니었다. 그러나 민초들의 소리는 검으로 휘두른다고 가라앉는 것이 아니었다. 그 역시 그들과 같은 부류였다.

20년 넘게 대원군을 수행하는 일이 그의 천직이 되었고,

은연중에 대원군의 생각이 그를 지배하게 되었다. 그럼에도 고종에 대한 마음은 놓지 않았다. 때론 화가 나기도 했던 것은 어린 시절의 그에 대한 애정이며 충이었다. 수돌은 그의 첫 백성이었으니까.

"한비자는 호랑이가 개를 복종시킬 수 있는 까닭은 발톱과 이빨을 지녔기 때문이라고 했습니다. 그런 호랑이에게서 발톱과 이빨을 떼어 개로 하여금 사용하게 한다면 호랑이가 도리어 개에게 복종할 것이라고 하지 않았습니까? 작금의 조선과 다를 게 뭐 있습니까?"

언젠가 직곡을 찾은 한 노선비가 대원군에게 한 말이었는데, 그 말에 고개를 끄덕이지 않을 수 없었다. 그러면서 마음에 먹물이 든다는 것을 걱정한 아버지를 이해하게 되었다.

수돌이 자신의 꿈을 꾸기 시작한 것은 갑오년 때였다. 그 전에 운현궁에 머물던 전봉준을 보며 대원군이나 고종에게 느끼는 것과 다른 전율이 느껴졌다. 아버지가 늘 말했던 송충이는 솔잎을 먹고 살아야 한다는 말이 무엇인지 새삼 가슴에 다가왔다. 수돌보다 대여섯 살이 어렸지만, 통하는 것이 있어 벗이 되었다. 서로의 처지가 다르긴 했지만, 짬이 날 때면 주막에 가서 탁주를 마시며 세상 이야기를 나누기도 했다.

그런 그가 갑오년에 녹두장군으로 농민들을 이끌었을 때는 수돌의 마음에서 고종이 잠시 지워지기도 했다. 그리고 그가 포박이 되어 효수를 당했을 때는 그를 구제하지 못한 대원군에게 서운함을 느꼈다. 물론 어쩔 수 없었다는 것을 알았지만, 그의 죽음으로 수돌은 새로운 꿈을 꾸게 되었다.

기미년. 수돌은 간도에서 고종 황제의 승하 소식을 듣게 되었다. 수돌은 차고 있던 총을 내려놓고 조선쪽을 향해 절을 올렸다.

"폐하, 이제 조선은 우리가 지킵니다. 우리는 조선의 노근란입니다. 우리는 조선을 위한 씨앗이며 까치밥이 될 것입니다."